洞头海洋动物故事

总主编 金兴盛

浙江省非物质文化遗产代表作丛书

浙江摄影出版社

邱国鹰 编著

总 序

中共浙江省委书记 夏宝龙
省人大常委会主任

　　非物质文化遗产是人类历史文明的宝贵记忆，是民族精神文化的显著标识，也是人民群众非凡创造力的重要结晶。保护和传承好非物质文化遗产，对于建设中华民族共同的精神家园、继承和弘扬中华民族优秀传统文化、实现人类文明延续具有重要意义。

　　浙江作为华夏文明发祥地之一，人杰地灵，人文荟萃，创造了悠久璀璨的历史文化，既有珍贵的物质文化遗产，也有同样值得珍视的非物质文化遗产。她们博大精深，丰富多彩，形式多样，蔚为壮观，千百年来薪火相传，生生不息。这些非物质文化遗产是浙江源远流长的优秀历史文化的积淀，是浙江人民引以自豪的宝贵文化财富，彰显了浙江地域文化、精神内涵和道德传统，在中华优秀历史文明中熠熠生辉。

　　人民创造非物质文化遗产，非物质文化遗产属于人民。为传承我们的文化血脉，维护共有的精神家园，造福子孙后代，我们有责任进一步保护好、传承好、弘扬好非物质文化遗产。这不仅是一种文化自觉，是对人民文化创造者的尊重，更是我们必须担当和完成好的历史使命。对我省列入国家级非物质文化遗产保护名录的项目一项一册，编纂"浙江省非物质文化遗产代表作丛书"，就是履行保护传承使命的具体实践，功在当代，惠及后世，有利于群众了解过去，以史为鉴，对优秀传统文化更加自珍、自爱、自觉；有利于我们面向未来，砥砺勇气，以自强不息的精神，加快富民强省的步伐。

党的十七届六中全会指出，要建设优秀传统文化传承体系，维护民族文化基本元素，抓好非物质文化遗产保护传承，共同弘扬中华优秀传统文化，建设中华民族共有的精神家园。这为非物质文化遗产保护工作指明了方向。我们要按照"保护为主、抢救第一、合理利用、传承发展"的方针，继续推动浙江非物质文化遗产保护事业，与社会各方共同努力，传承好、弘扬好我省非物质文化遗产，为增强浙江文化软实力、推动浙江文化大发展大繁荣作出贡献！

（本序是夏宝龙同志任浙江省人民政府省长时所作）

前 言

浙江省文化厅厅长　金兴盛

要了解一方水土的过去和现在，了解一方水土的内涵和特色，就要去了解、体验和感受它的非物质文化遗产。阅读当地的非物质文化遗产，有如翻开这方水土的历史长卷，步入这方水土的文化长廊，领略这方水土厚重的文化积淀，感受这方水土独特的文化魅力。

在绵延成千上万年的历史长河中，浙江人民创造出了具有鲜明地方特色和深厚人文积淀的地域文化，造就了丰富多彩、形式多样、斑斓多姿的非物质文化遗产。

在国务院公布的四批国家级非物质文化遗产名录中，浙江省入选项目共计217项。这些国家级非物质文化遗产项目，凝聚着劳动人民的聪明才智，寄托着劳动人民的情感追求，体现了劳动人民在长期生产生活实践中的文化创造，堪称浙江传统文化的结晶，中华文化的瑰宝。

在新入选国家级非物质文化遗产名录的项目中，每一项都有着重要的历史、文化、科学价值，有着典型性、代表性：

德清防风传说、临安钱王传说、杭州苏东坡传说、绍兴王羲之传说等民间文学，演绎了中华民族对于人世间真善美的理想和追求，流传广远，动人心魄，具有永恒的价值和魅力。

泰顺畲族民歌、象山渔民号子、平阳东岳观道教音乐等传统音乐，永康鼓词、象山唱新闻、杭州市苏州弹词、平阳县温州鼓词等曲艺，乡情乡音，经久难衰，散发着浓郁的故土芬芳。

泰顺碇步龙、开化香火草龙、玉环坎门花龙、瑞安藤牌舞等传统舞蹈，五常十八般武艺、缙云迎罗汉、嘉兴南湖掼牛、桐乡高杆船技等传统体育与杂技，欢腾喧闹，风貌独特，焕发着民间文化的活力和光彩。

永康醒感戏、淳安三角戏、泰顺提线木偶戏等传统戏剧，见证了浙江传统戏剧源远流长，推陈出新，缤纷优美，摇曳多姿。

越窑青瓷烧制技艺、嘉兴五芳斋粽子制作技艺、杭州雕版印刷技艺、湖州南浔辑里湖丝手工制作技艺等传统技艺，嘉兴灶头画、宁波金银彩绣、宁波泥金彩漆等传统美术，传承有序，技艺精湛，尽显浙江"百工之乡"的聪明才智，是享誉海内外的文化名片。

杭州朱养心传统膏药制作技艺、富阳张氏骨伤疗法、台州章氏骨伤疗法等传统医药，悬壶济世，利泽生民。

缙云轩辕祭典、衢州南孔祭典、遂昌班春劝农、永康方岩庙会、蒋村龙舟胜会、江南网船会等民俗，彰显民族精神，延续华夏之魂。

我省入选国家级非物质文化遗产名录项目，获得"四连冠"。这不仅是我省的荣誉，更是对我省未来非遗保护工作的一种鞭策，意味着今后我省的非遗保护任务更加繁重艰巨。

重申报更要重保护。我省实施国遗项目"八个一"保护措施，探索落地保护方式，同时加大非遗薪传力度，扩大传播途径。编撰浙江非遗代表作丛书，是其中一项重要措施。省文化厅、省财政厅决定将我省列入国家级非物质文化遗产名录的项目，一项一册编纂成书，系列出版，持续不断地推出。

这套丛书定位为普及性读物，着重反映非物质文化遗产项目的历史渊源、表现形式、代表人物、典型作品、文化价值、艺术特征和民俗风情等，发掘非遗项目的文化内涵，彰显非遗的魅力与特色。这套丛书，力求以图文并茂、通俗易懂、深入浅出的方式，把"非遗故事"讲述得再精彩些、生动些、浅显些，让读者朋友阅读更愉悦些、理解更通透些、记忆更深刻些。这套丛书，反映了浙江现有国家级非遗项目的全貌，也为浙江文化宝库增添了独特的财富。

在中华五千年的文明史上，传统文化就像一位永不疲倦的精神纤夫，牵引着历史航船破浪前行。非物质文化遗产中的某些文化因子，在今天或许已经成了明日黄花，但必定有许多文化因子具有着超越时空的生命力，直到今天仍然是我们推进历史发展的精神动力。

省委夏宝龙书记为本丛书撰写"总序"，序文的字里行间浸透着对祖国历史的珍惜，强烈的历史感和拳拳之心。他指出："我们有责任进一步保护好、传承好、弘扬好非物质文化遗产。这不仅是一种文化自觉，是对人民文化创造者的尊重，更是我们必须担当和完成好的历史使命。"言之切切的强调语气跃然纸上，见出作者对这一论断的格外执着。

非遗是活态传承的文化，我们不仅要从浙江优秀的传统文化中汲取营养，更在于对传统文化富于创意的弘扬。

非遗是生活的文化，我们不仅要保护好非物质文化表现形式，更重要的是推进非物质文化遗产融入愈加斑斓的今天，融入高歌猛进的时代。

这套丛书的叙述和阐释只是读者达到彼岸的桥梁，而它们本身并不是彼岸。我们希望更多的读者通过读书，亲近非遗，了解非遗，体验非遗，感受非遗，共享非遗。

2015年12月20日

目录

洞头是闽南文化和东瓯文化的交融地，列岛移民分别来自福建南部和温州地区周边县，境内洞头渔场为浙江省第二大渔场，这种特殊的历史渊源和地理优势，使得洞头的渔民和群众汲得沿海人民群众口头文学的精华，海洋动物故事便是其中璀璨的篇章。洞头海洋动物故事由渔区广大人民群众集体创作，以海洋动物为主人公，以拟人化的手法，曲折而又形象地反映了人们的思想感情和各种社会现象，成为在海岛及其他涉海地区广为流传的民间故事。

海洋动物故事篇幅短小，形象鲜明，知识性强，趣味性浓，所以很受人们喜爱。在洞头，海洋动物故事的产生和流传，至少已经有两百多年的历史，但主要停留在口耳相传的民间流传形态。1952年1月洞头全境解放后，在党的"百花齐放，推陈出新"文艺方针指引下，文化部门在全境开展了民族民间文艺的搜集、改编、会演工作，那时就已经搜集到了不少海洋动物故事。1979年到1987年，更是发动民间文学爱好者进行集中性的专题采风，采集到涉及海洋动物的传说、故事两百多篇，整理成文的八十余篇。此后，在民间文学三集成和非物质文化遗产普查工作中，又陆续采录了一部分。2008年，洞头海洋动物故事被列入浙江省非物质文化遗产名录，2011年被列入国家级非物质文化遗产名录。

近年来，洞头党委、政府高度重视海洋动物故事这一非物质文化遗产的保护工作，举办了中国（洞头）海洋动物故事演讲暨漫画作品大赛，出台了保护海洋动物故事传承人的政策文件，编辑出版了海洋动物故事文本，使海洋动物故事得到了更广泛的传播。同时，洞头注重将海洋动物故事的元素融入现代生活的方方面面，如今的洞头有海岛民俗村的海洋动物故事墙，有旅游景区的海洋动物故事广场，有融入海洋动物故事的海洋特色菜肴等，可以说海洋动物故事在加强海岛精神文明建设、促进海岛旅游、发展海岛经济等方面都发挥了重要作用。

现在，《洞头海洋动物故事》作为第三批国家"非遗"项目，列入"浙江省非物质文化遗产代表作丛书"出版，这对于洞头的"非遗"保护工作既是肯定，更是鞭策。我们将进一步加强"非遗"保护工作，继续在活态传承、创新传承等方面多做工作，让海洋动物故事这簇民间文艺之花，在洞头这座美丽的"海上花园"越开越艳丽。

中共洞头县委常委、宣传部长　张贤孟

2015年10月

一、概述

海洋动物故事是民间故事中动物故事的一种类型，以生活在大海中的鱼虾龟鳖为主角。它的最显著特征，一是动物的拟人化，二是动物之间关系的社会化。它发源于远古的海岛，是伴随着人类对海洋和海洋生物的认识而产生、发展的。

一、概述

海洋动物故事是民间故事中动物故事的一种类型，以生活在大海中的鱼虾龟鳖为主角。它的最显著特征，一是动物的拟人化，二是动物之间关系的社会化。它发源于远古的海岛，是伴随着人类对海洋和海洋生物的认识而产生、发展的。

[壹]洞头海洋动物故事的渊源

人类早在约八千年前便"刳木为舟"，力求从海洋中取得赖以生存的生产和生活资料，因而与海洋动物发生了极为密切的关系。在长期的海上生产劳动中，人们不断地认识、掌握海洋动物的生理特征、生活习性，不断改进用于获取它们的捕捞工具和捕捞手段。这种对海洋动物的认识和理解，必然反映到渔区群众的口头艺术创作上来。

1. 海洋生物多样性的资源优势，为海洋动物故事的产生提供了基础

马克思主义文艺观告诉我们，文学来源于生活，生产活动决定了人们的认识，也决定了艺术创作的内容。海洋动物故事最早产生于沿海地区，最早主要由从事渔业生产的劳动群众创作，就说明了这

一点。

以洞头列岛的开发为例。洞头列岛早在新石器时代晚期便有人类活动，距今约四千年，晋朝时陆续有移民上岛半定居或定居。洞头列岛之所以吸引移民，在于它特殊的地理优势和海洋渔业资源。

洞头列岛由168个岛屿组成，陆地面积虽然只有100.3平方千米，海域却十分广阔，海岸线长达333千米，所在的洞头渔场有4800平方千米，是浙江省内仅次于舟山的第二大渔场，常年洄游的海洋生物达三百多种。过去尤以四大经济渔产——大黄鱼、小黄鱼、墨鱼、带鱼——以及海蜇闻名，一年四季，渔汛紧连：春天捕墨鱼，春末夏初打大小黄鱼，夏末捞海蜇，秋冬网带鱼，源源不断地为人们

今日渔村

提供海产品。再加上海涂上的蛤蜊、蛏子、花蚶,礁岩上的淡菜、龟足、小海螺等滩涂生物,丰饶的海产资源吸引了福建泉州、漳州、厦门以及温州周边县的许多渔民前来生产,他们逐渐从渔汛暂居到半定居,直至定居。

渔民们在与鱼虾龟鳖的长期接触中产生了许多疑问与兴趣:为什么不同的鱼形状不一,色彩各异?为什么黄鱼是金灿灿的,带鱼却是银闪闪的?为什么鲳鱼是扁塌塌的,马鲛鱼却是圆滚滚的?这种种区别究竟是怎样形成的,它们之间又有什么关联?好奇之余,一些人便有了试图加以解释的意愿。这正如普列汉诺夫在谈到劳动与艺术的关系时所说:"最初人同动物发生一定的关系(开始猎取它们),后来——正因为他们发生了这样的关系—— 他才产生了要描绘这些动物的冲动。"

最初的海洋动物故事,便是在这样的冲动下产生的。

2. 渔业生产群体性的作业方式,为海洋动物故事的产生提供了平台

渔业生产是群体性、协作性很强的劳动,即便是一条很小的舢板,也要两三个人协力合作才能在海上作业。两百多年以来,洞头渔民使用最多的是白底船,以钓业为主,需要四至五人共同生产,几个人的分工很明确——掌舵的、切饵料的、放钓绳的,按生产的需要各负其责。后来发展到单背船、双背船,用到的伙计就增多了。这么多

织网场上故事手

人在一望无际的大海上生产，远离亲人的时间长，船上又没有任何娱乐设施，其单调枯燥可想而知。即便回到岸上，同船的伙计还要在一起修补网具，准备下一个渔汛的活计，还有许多时间聚在一起，手脚在劳作，嘴巴也闲不住。于是，在船上、补网场上甚至酒铺里，在所有劳动间隙歇息相聚的场合，渔民们用闲聊来打发寂寞、调节情绪、减轻劳累。

在洞头渔村，这种闲聊被称作"讲闲谈"、"讲古"，其内容除了生产状况、鱼货行情，就是他们最熟悉的海洋动物的趣事奇闻了。浑身骨头酥软的龙头鱼（也就是水潺）的肚腹里经常有尚未完全消化的虾蛄，可是虾蛄全身披着硬甲，为什么会被水潺吞吃？海蜇没

有眼睛，靠什么辨别方向？剖开它的头部，有许多小虾藏在里面，原来小虾充当了海蜇的眼睛，小虾为什么心甘情愿这样做？还有很多奇怪现象，这些现象是怎么产生的？渔民们在闲聊中你一言、我一语，慢慢地把这些趣闻凑成故事，故事又渐渐地趋于完整，这就是后来广为流传的《虾蛄和龙头鱼》、《海蜇靠虾子当眼睛》等海洋动物故事。

新一年渔汛开始，渔船上的伙计常会发生变动，形成新的组合。船员的组成变了，闲聊的场所依旧，于是，这些鱼虾龟鳖的趣闻又在另一批人中产生、传播。可以说，渔业生产的群体性、交流场所的无处不在，使海洋动物故事有了产生的平台，这些故事使渔民在

凯旋

"做完艰苦的日间劳动,在晚上拖着疲乏的身子回来的时候,得到快乐、振奋和慰藉,使他忘却自己的劳累……"(恩格斯语)

3. 总结和传授渔业生产经验的需要,为海洋动物故事的产生提供了条件

在长期的生产实践中,渔民积累了丰富的海洋知识和劳动经验,比如不同的鱼洄游的路线不一样,生产渔场也不同;不同的鱼生活习性不一样,抓捕方法也各不相同。鲳鱼头小、身体扁阔,却有一头向前撞、决不后退的特性,它的头在触到网眼、可以倒退脱逃时却偏要向前撞,最后被网眼卡住;而鳓鱼的身子像一把刀,尤其腹部的刺尖利得很,可它碰到网眼或别的危险物时喜欢后退,结果腹

丰收网

部的刺张开，倒戳在网上，也逃脱不了。渔民根据这两种鱼的特性发明了撬网，专门捕捞它们。为了让青年渔民掌握撬网的使用要领，便有了《老鲻鱼传艺》、《鲳鱼的身子怎会是扁的》这类故事。这些生动形象的故事，比生硬的说教要强上百倍。

在旧时代，渔区劳动人民的孩子极少有上学堂受教育的机会，他们往往一到成丁的年岁（16岁）便下船学掌舵驾船，学撒网打鱼，他们对鱼类知识的掌握，主要靠老渔民的言传身教。这"言传"中，有不少知识和经验是通过讲故事传授的，动物故事起到了普及海洋知识、传授渔业技能的重大作用。于是，"闲聊"、"讲古"产生的故事，成了渔民生存智慧的教科书；渔船、码头、补网场，成了讲授教科书的课堂。

[贰]洞头海洋动物故事的衍变

和一切事物的发展相似，海洋动物故事经历了从简单到复杂、从粗放到精美的不断完善的发展过程。从可以找到的海洋动物故事来看，这个发展大体上分四种情况：从单一到复合，由一个故事演绎出另一个故事，吸收其他类型故事的元素，同题异文故事的同时存在、同时传播。

1. 从单一到复合

我们从两篇关于"黄鱼为什么穿金袍"的故事，来寻觅这个发展轨迹。

黄鱼穿金袍

（流传于浙江省洞头县）

黄鱼、带鱼、鳗鱼本来总是相互打斗，一碰到就你咬我、我咬你，鳗鱼最凶。

一日，刮大风，起大浪，它们没地方好去，躲到一块礁岩边。三个商量，这样打斗没意思，不是好办法，听讲人间有当官的，不会这么乱，我们何不到龙宫去，求龙王封我们一个什么官当当呢？三个都说好，一起到龙宫里。

海龙王问它们来干什么，它们回答："来求封官。"

《黄鱼穿金袍》

龙王说:"当官好是好,不容易,不知道你们咬人不咬人?"

鳗鱼先抢着说:"当然咬,讨海人网我、钓我,我就要咬他们,咬了还要转三转。"龙王听了皱眉头。

带鱼说:"我咬是要咬的,只是咬后不使人皮肉发烂,用我身上的黏液压一压,就止血了。"龙王稍稍有点欢喜。

黄鱼看这势头,赶紧跪下,说:"龙王,我不咬人,我不咬人。"

龙王听了欢喜,说:"黄鱼,你最好,我封你当金甲将军,给你金甲金袍。"

黄鱼穿上,摇头晃尾走了。

龙王对带鱼说:"你嘛,还好,封你当银甲将军,赐你一套银袍。"

带鱼穿上,也欢欢喜喜走了。

龙王对鳗鱼很生气,说:"你太坏,凶狠,作恶,还想当什么官!"抛一套灰溜溜衣甲,叫蟹将把它赶出龙宫。

从那时起,黄鱼穿金袍,神气;带鱼穿银袍,也蛮好看;只有鳗鱼,一身灰溜溜。但它不悔改,在海里还是凶狠,咬人时不松口,咬住了,身子还要转三圈。

许楚义　讲　　述

邱国鹰　记录整理

再看另一篇。

黄鱼为什么穿金袍

（流传于浙江省洞头县）

天地初分，龙王即位。那时鱼兵蟹将还没分封，乱糟糟的，很难管。龙王想挑选几名得力的鱼虾当将军，把这乱糟糟的大海管管好。

一日，百鱼接到龙王旨令，会集龙宫。各种各样的鱼从四处游拢来，龙宫前黑压压的一片，一个个摇头甩尾，你追我赶，十分热闹。

等了好久，龙王才弓着腰，慢腾腾走出龙宫，说："别吵了！今日把你们召来，不为别的事，是要让你们比本领，按本领封官。比什么本领？我们是在海里，水底功夫最是要紧，这次就比游水。谁游得快，就封它当将军！"

众鱼一听，欢喜啊，蹦的蹦，跳的跳，叽叽喳喳吵不停，一下又乱了。急得龙王大叫起来："不要吵，不要闹，以钟声为号，我发第一声号令，你们向前头游；我发第二声号令，你们转回身游。记牢了没有？"

众鱼纷纷应答："记牢了！记牢了！"

《黄鱼为什么穿金袍》

　　龙王拿起棒槌，用力撞钟。"当"的一声，只见众鱼好像一股大水流，哗哗向前游。河豚游得最快，尾巴一甩一甩，头一挺一挺，不一会儿游到最前面。许多鱼赶紧追。

　　追了一阵，黄鱼、带鱼、鲳鱼、鳓鱼早已累得喘大气，落在后头一大截。鲳鱼说："算了，追不上啦，还是慢慢游吧。"黄鱼、带鱼都说好，它们尾巴也不甩了，头也不摆了，随着水流，慢慢漂呀浮呀。

　　这时，又听"当"一声响，龙王发出第二声号令了。

　　鲳鱼一下想到，说："哎，龙王讲了，听到第二声号令回转游，快，我们游回去吧！"黄鱼和鲳鱼觉得有理：是呀，龙王又没规定，一定要到什么地点再往回游，以钟声为号回转游嘛，没错！它们就转身游回。这样一来，别的鱼有追着河豚游的，也有回转身跟鲳鱼游的，全乱了。

　　结果，本来落在后头的一群鱼，反倒占了先。黄鱼得了头一名，带鱼第二，鲳鱼第三，接下去是鳓鱼、鳗鱼……龙王也不管三七二十一，就定了名次：赏给黄鱼一套金袍，封为金甲将军；赏给带鱼一套银袍，封为银甲将军；鲳鱼被封为铜甲将军；鳓鱼、鳗鱼也各有封赏。龙王还特地赏给黄鱼一个金项环，让它套在脖子上。可是，金环制得实在太小了，一套套在黄鱼嘴唇上，就再也套不进了。所以直到现在，黄鱼的嘴唇还是金闪闪的，成了人人喜爱的上等菜。

　　再说河豚，听到第二声钟响，就回转身，拼命回转游。等它赶到龙宫前，龙王早封赏过了。它看到黄鱼、带鱼都封了官，自己游得最远、

休闲亭中故事会

最快，反成了最后一名，很奇怪，一问才晓得真情。河豚急啊，想闯进龙宫去讲理，哪晓得龙王进宫后，早将大门紧闭，任它敲打也好，喊叫也好，谁也没来理它。

河豚没有办法，一股气憋在肚内，竟把肚子气得胀鼓鼓的，日积月累，再也消不了啦！

陈洪来　讲　　述

邱国鹰　记录整理

这两个故事都在洞头列岛流传。试将它们作一比较，不难看出，第一个故事对三种鱼的生活习性把握得非常准确，不过结构单一，情节简单，<u>鱼</u>与<u>鱼</u>之间并没有发生纠葛；三种鱼"衣袍"颜色不同、封号等级不同，均来自海龙王的恩赐，从根底深究，还没有摆脱"上天决定一切"的观念。第二个故事的情节就比较生动，对几种鱼的描述也很准确；它们的"衣袍"、"封号"的取得，虽然也是来自龙王，却是比赛获得的奖赏。更重要的是，龙王宣布的比赛规则混乱，被投机者钻了空子，造成比赛结果的不公平。故事讽刺了龙王（即掌权者）的昏聩，其感情色彩更为鲜明，教育意义也很明确。

可以这样看：第一个故事的产生时间比较早，是单纯从鱼类的外表色彩和生活习性出发所作的解释，通过故事，让大家对这三种鱼有更为形象的认识；后来经过不断的传播和再创作，人们把对掌权者的不满和讽刺注入其中，产生了第二个故事，其现实意义便显现出来了。

2. 由一个故事演绎出另一个故事

在海洋动物故事的发展过程中，有一个值得研究的现象：有的故事明显是另一个故事的"续篇"，即后一个故事延续了前一个故事中的某个情节，加入新的角色，进行了新的演绎，成了全新的故事，所阐述的道理也不同于前个故事。这种情况并不是个例。

如《黄鱼怎会"苦苦苦"叫》。

黄鱼怎会"苦苦苦"叫

（流传于浙江省洞头县）

黄鱼被龙王封为金甲将军，身穿金袍，嘴套金环，只当自己了不起，四处横冲直撞，专门欺负小鱼，闹得鱼虾无法安宁。一班鱼虾向老章鱼告状，叫老章鱼出面管管。

老章鱼找到黄鱼，说："小老弟呀，靠假本事不能过日子，只会害自己；就是有真本事，也不能欺负别人呀！"不等老章鱼的话说完，黄鱼眼珠一白，走了。老章鱼一直叫，一直叫，黄鱼头也不回。

有一日，老章鱼和墨鱼、痹鱼[1]在玩，有说有笑，亲亲热热。只有黄鱼，它看不起别的鱼，别的鱼也不愿和它玩，很孤独。它想："哼，你们不理我，我要把你们治一治。"

黄鱼无声无息游到墨鱼旁，想咬住它的两条长须。墨鱼玩得正高兴，一下觉得有团金光射来，看不清是什么，慌了，口吐黑烟，一个急倒退，逃了。黄鱼觉得眼前一片漆黑，什么也看不见，只得在黑烟中乱撞一通，一撞撞在痹鱼身上。痹鱼只当是什么凶鱼来吃自己，连忙运足气力，放出一股痹气来。黄鱼痹了一下，全身发麻，一受惊，蹿出一丈外，正好撞在老章鱼的吸盘上。老章鱼来不及仔细看，紧紧吸住，用尽全身力气，狠力向礁石摔去。这下可不得了，黄鱼"啊"一声大叫，脑壳被摔得破碎，昏了过去。

黑烟散尽，鱼群围了上去，要看看是什么怪物。墨鱼眼睛大，看得清，惊叫起来："哎呀，是黄鱼！"大家一看，真的！这时大家才知道，是黄鱼自己害了自己。怎么办？还是老章鱼有主意，叫一条小鱼到

---

[1]　痹鱼：即电鳐鱼，能在水中发出电波。

龙宫向龙王禀报。龙王听到自己封赏的将军受伤，赶紧派水尖鱼带两颗珍珠丸来医治。

过了好久，黄鱼才醒过来。它看看老章鱼和众鱼虾，很难为情，全身又

黄鱼

疼痛难忍，嘴里不停地叫着"苦苦苦"、"苦苦苦"。老章鱼安慰说："日后别再乱闹了。等你养好了伤，改了脾气，我们再一起玩。"

后来，黄鱼的伤养好了，可是头顶仍留着坑坑洼洼的痕迹。它的头骨里面有两颗白珠子，就是水尖鱼接骨嵌进去的。这珠子是龙宫的宝丸哩，现在取下它，还能做药治病。经过这一次变故，黄鱼老实多了，它嘴里总是"苦苦苦"、"苦苦苦"地叫着，为的是不忘记这个教训。

林祥团　讲　　述

王金焕、叶永福　记录整理

看了《黄鱼为什么穿金袍》，再来看这个故事，发展的脉络就清楚了。故事发生在黄鱼被龙王封为"金甲将军"之后，故事存在的合理基础是黄鱼没有真本领，而这两点，是由《黄鱼为什么穿金袍》这个故事来的。故事流传中更有意思的现象是：《黄鱼为什么穿金袍》流传在远离洞头本岛的大门岛，是由原浪潭乡观音礁村的渔民讲述

的，用的是温州方言；《黄鱼怎会"苦苦苦"叫》流传在洞头本岛，是由原双朴乡小三盘村的渔民讲述的，用的是闽南方言。两个讲述者都不识字，又远在互不相连的两个岛屿；在采风记录之前，这两个故事从未见过有文字记载。从中可以看出当年故事流传的广泛性，以及各个岛屿渔民之间相互交流的密切性。

3. 吸收其他类型故事的元素

在海洋动物故事的发展过程中，渔民善于吸收同类型或其他类型故事的某些情节、角色等元素并加以新的编排，使得故事更加生动、吸引人。

以《海母丞相》为例。

海母丞相

（流传于浙江省洞头县）

相传很早很早以前，海蜇本是龙王的宠臣，大家叫它海母丞相。

一次，龙王得了一场大病。龙宫太医一查，讲是心肝病。这种病，龙宫中没有良药，只有取山林中白兔的心肝来，才能治好。龙王听了，召集文武百官，说："谁能取到白兔的心肝，孤有重赏！"

文武官员你看我、我看你，谁也不敢应承。

龙王发急，说："平日孤家没有亏待你们，今日有难，竟没有一个肯为孤家分忧，可恼啊，可恼！"

这时，海母丞相步出班列，奏道："臣愿为吾王去取白兔的心肝。"

龙王高兴,命它赶紧走。海母领旨,告别文武众官,分出一条水路,游到岸边。

海母刚露出水面,就见一只白兔正在岸边寻吃。海母丞相装出一副亲热的样子,叫:"白兔弟,你独自在这里嬉,没名堂,龙宫真好,你去不去龙宫嬉呀?"

白兔说:"龙宫是一片水乡,怎么比得上我山林景色好?"

海母丞相连连摇头,说:"哈哈,你不晓得!我们海中有海树、珊瑚、明珠;草也翠绿,花也红艳,有说不尽的风光,看不尽的景致。还有龙王呀、水族呀,都很客气。山林怎好比呢?"

白兔听了,觉得有意思,说:"海中好是好,可惜我不识水性,龙宫去不成呀。"

海母拍拍胸口,说:"嗨,这小事,不必担忧。你有心到龙宫,我领你去。我在前面开路,你在后面跟。就像在陆上走,不会有半点水珠把你打湿。"

白兔半信半疑。这时海母丞相已分出一条水路。白兔跟着海母丞相到了水底,先在龙宫外面看风景,觉得真不孬,有心在这里多嬉一阵。

海母看出白兔的心思,说:"龙宫里更好呢!你先在这里游玩,我到龙宫禀报龙王,再带你进宫。"

海母丞相一进宫,喜气洋洋向龙王禀报,白兔在宫外等候。龙王大喜,传令召见白兔。

白兔进了龙宫,行过礼问:"大王召我,有什么事呀?"龙王指着白兔心头,说:"我得了重病,须用你的心肝才能治。今日特来借你的心肝一用!"

白兔听了一惊,暗想:"海母丞相骗我下海,为的是这事。心肝怎么能借?这是性命攸关的大事,可得好好对付!"它心一急,倒也急出办法来,当下就对龙王说:"大王要用,我一定借。不过千不该万不该,只怪海母丞相!它叫我到海底来,根本没有提到大王要借心肝。我的心肝没有带来,还放在山林窝里。大王一定要借,我赶回去取。大王的意思是……"

龙王听后,转过头来,对着海母丞相气冲冲地说:"我叫你去取心肝,你怎么没有传到话?真没有用!这次你还要跟白兔去一趟,一定要把心肝取到!"

海母丞相没有办法,只好再领白兔出海。到了岸边,白兔一跳跳上岸,回头大笑,说:"哈哈!龙王呀,丞相呀,都是呆大!世上哪有不带心肝的兔儿?你们骗我入海,又放我归山。我要把这事告知白兔们,你们再也别想取到兔儿的心肝了!"

海母丞相又羞又急,眼睁睁看着白兔跳入草丛不见踪影,只得回龙宫复命。

龙王听海母丞相一讲,难为情啊!堂堂龙王中了小小白兔的计,这事传出，听不得呀！就寻一个替死鬼，当下撤了海母的丞相职位，罚它漂浮在浅海，永远不得入宫。

虾兵蟹将一声喊，海母就被赶出了龙宫。

从这以后，海母只得在浅海海面随流漂游，没能再回到龙宫。时间一长，海母丞相的名字也被大家忘记了，后人另外给它取了一个名字，叫海蜇。

侯三兴　讲　　述

黄信爱　记录整理

同类型的故事，在其他地域流传不少，只是角色略有变换，有的是海龟骗猴子，有的是海蜇骗猴子，也有的是海龟骗白兔，等等，基本情节差不多。最重要的区别是：其他的同类型故事，大多是在下海进龙宫的途中，因海龟或海蜇心中得意，言语中不慎露馅，猴子或白兔得知真情后脱逃；《海母丞相》则不同，进入龙宫之后，龙王挑明真相，白兔才醒悟，于是当着龙王的面略施小计，得以保全性命。事后小白兔一句话："龙王呀，丞相呀，都是呆大！世上哪有不带心肝的兔儿？"点明了主题，其意义比其他同类型故事更加积极。事后，海母丞相成了替罪羊，被撤了官职，漂流在浅海，永远不得入龙宫，结局令人同情。

4. 同题异文故事同时存在、同时传播

海洋动物故事大多依据海洋动物的外表长相、生活习性衍生出

来，这就难免出现同题异文的现象。试比较《贪心的红虾》与《虾蛄和龙头鱼》。

贪心的红虾

（流传于浙江省洞头县）

红虾和龙头鱼到龙宫去考试，红虾考武将，龙头鱼考文官。三大场考下来，回家等着放榜，候消息。

榜一放出，红虾和龙头鱼一个武状元、一个文状元，都要到龙宫领赏。龙头鱼讲了："三场大考费力呀，体格吃不消。红虾阿哥，你代我领，好吗？"红虾应允了。

红虾领到了奖品。它自己的，是武状元盔，配上一身铁甲，真的是威风凛凛。龙头鱼的奖品呢，是一顶文状元冠帽，两支帽翅一分开，也很好看。红虾看了看，起了歪心，想了："两个奖品都给我就好了，能文能武，以后看准敢欺负我？"把武状元头盔戴头顶，文状元冠帽套脚上，逃走了。

龙头鱼在家等呀等，等好几日了，没见红虾的影。到龙宫一问，知道奖品被它代领，几日不还，是暗暗贪去了。龙头鱼气啊，

渔船采风

许楚义讲故事

向龙王诉了一通。它是学文的,有才能,几句话说得龙王直点头,就补偿了一个龙头,安在它的头上。本来它叫水潺的,有了龙头,才改名龙头鱼。

就这样,红虾和龙头鱼传下的子孙,全和老祖宗相像:红虾有两顶帽,龙头鱼有一个龙头。只是红虾心虚,交代子孙:碰到龙头鱼,要把脚上的文状元冠藏起来,不要给龙头鱼看到,免得麻烦。所以红虾一看到龙头鱼,会把尾巴卷起来,卷成一团,不露出文状元冠。龙头鱼更气了:哼,你贪心还不承认! 大龙嘴一张开,就把红虾吃了!

不信你看,龙头鱼的肚子里,常常有红虾。

> 许楚义　讲　　述
>
> 邱国鹰　记录整理

虾蛄和龙头鱼

（流传于浙江省洞头县）

虾蛄和龙头鱼本来是邻居。虾蛄从小学武,身上不离那套连环甲,时常玩刀弄棒；龙头鱼斯斯文文，每日刻苦勤奋，攻读诗文。虾蛄刁鬼，时常占点小便宜，只是两家文武有别，相处得还好。

有一年，龙王下令，在水族中开设试场，选拔文武状元。消息传出，水族一个传一个，鱼虾呀，龟贝呀，都赶来考。龙宫内真热闹：武科考场，虾蛄身披连环甲，舞弄双刀；墨鱼头戴雄鸡尾，身背护身板；鲻鱼银盔银甲，黄鱼金盔金甲，刀枪剑戟，各显神通。文科考场，龙头鱼闭着眼，巧思妙想；鲳鱼晃着头，吟诗作对；比目鱼歪着嘴，大声应答。大家都拿出平生本事，要争个输赢。

会试完毕，金榜贴出，龙头鱼得文状元，虾蛄得武状元。喜报送到家，亲戚朋友赶来贺喜，两家摆酒接客，像过节一样。没料到，龙头鱼太欢喜，酒喝过头了，感着风寒，生病了。龙王授冠的日子，龙头鱼病体未好，起不了床，只得央求虾蛄："虾蛄大哥，你我是多年邻居．你这次到龙宫去，顺便把我的那一份带来，好吗？"虾蛄一口应承："这点小事，何必吩咐，老弟在家安心养病，静等好消息就是了。"

虾蛄领来了文武状元的头冠，欢喜啊！它披着银甲，戴着武状元的头盔，一路上借着水光，走几步，照一遍，照了又照，觉得自己威风凛凛，谁也比不上，越看越得意。过了一会儿，它换上文状元的头冠，借着水光一看，也不错，武将文冠，古今难得。它想：可惜一个头没办法戴两顶帽，若是一起戴上，又文又武，一身独占，那就好了！连叫："可惜！可惜！"

　　虾蛄在路上转了半日,吃力了,顺手把文状元的头冠丢在地上,双脚套了进去。说也怪,头冠恰好套住了双脚。虾蛄借着水光一看,哈,自己头戴武状元的头盔,脚套文状元的冠帽,身披连环甲,威风十足。虾蛄欢喜,连蹦带跳,欢喜过后起了坏心肝——要独吞这两顶盔冠。它眉头一皱,想出了一个鬼办法,在外面荡了一日,天暗了才偷偷摸回家,瞒着龙头鱼,匆匆忙忙搬家逃走了。

　　龙头鱼病了三日三夜才下床。它左等右等,虾蛄没回来。到虾蛄家,靠近听一听,静悄悄;进内看一看,空荡荡,什么也没有。龙头鱼起了疑心,赶紧出外头问,才知道虾蛄拐走自己文状元的冠帽,搬家逃走了。这一来,文弱书生气得满脸煞白,大骂虾蛄不讲信用,发誓把

整装待发

它生吞活剥，出这口怨气。

从这以后，虾蛄的子孙就成了现在这个样：身披银甲，头上一顶盔，脚下一顶帽。它一见龙头鱼，赶紧低头缩脚，死抱着冠帽，怕被抢走。龙头鱼呢，趁它缩成一团，张开大嘴，发个狠，"呼"一下，就把虾蛄生吞了。大家时常想不通：虾蛄全身披甲，为什么怕斯斯文文的龙头鱼呢？原来这里头有这么一段缘由。

陈增岳　讲　　述

邱国鹰　记录整理

渔民们在生产中发现，网上来的龙头鱼肚子里经常有囫囵个的虾蛄和红虾。全身披着硬甲、弹跳力又十分强的虾蛄、红虾，怎么会被骨头酥软、浑身软绵绵的龙头鱼吞吃？从一个疑问衍生出了这两个故事。故事的主要角色（龙头鱼）相同，基本情节相同，从中引出的教育意义也相同；不同的是，另一个角色换了。不过从外表看，虾蛄和红虾的头部和尾部确有相像之处；从实际情况看，龙头鱼对这两者都会吞食。因此，两个故事角色的安排是合理的。同题故事的存在，既增添了海洋动物故事的多样性，也体现出创作海洋动物故事的渔区群众的丰富想象力。

二、洞头海洋动物故事的传播

从新中国成立到『文化大革命』之前，洞头见诸报刊的海洋动物故事数量并不多。改革开放以来，洞头海洋动物故事的搜集整理受到重视，成果丰硕，进入21世纪后更是得到了前所未有的广泛传播。

二、洞头海洋动物故事的传播

[壹]新中国成立到"文化大革命"前的传播

从新中国成立到"文化大革命"之前，海洋动物故事见诸报刊的，数量并不多。

国际著名民间文艺学家、美籍华人丁乃通教授著有《中国民间故事类型索引》一书，采用了国际通用的民间故事"阿尔奈—汤普森体系"即AT分类法，把从新中国成立到"文化大革命"前我国绝大多数民间故事资料进行了归类。动物故事在国际统一编码中的序号为1号至299号，中国的动物故事与之对应的有150个，其中属海洋动物故事的仅有4个型号：

91号——猴子把心留在家里，一个海龟抓它。（这和前面举例的《海母丞相》是同一类型，只不过故事的角色换成了海龟和猴子。）

231号——天鹅与梭鱼。

250号——歪嘴的比目鱼。

275号——狐狸和龙虾比赛。

1962年，上海文艺出版社出版了《中国动物故事集》，1978年

5月再版时，故事篇目从原版的93篇增加到119篇，其中属海洋动物故事的也仅有3篇，即《蚯蚓和虾子》、《黄花鱼和鮸鱼》、《狡猾的鳝鱼》。

且看《蚯蚓和虾子》以及《狡猾的鳝鱼》。

蚯蚓和虾子

在好多好多年以前，蚯蚓和虾子是邻居，都住在陆地上。

那时侯，蚯蚓有一双又圆又亮的眼睛，而虾子却没有眼睛，因此人家叫他"瞎子"。

这两个邻居住在一起，从来没有发生什么争吵。因为蚯蚓脾气很好，还时常唱歌给虾子听，帮他减少寂寞和痛苦。可是，虾子很想看看世界是什么样子，一天对蚯蚓说："老朋友，你可以把眼睛借给我看一下吗？只要看一眼，我就心满意足了。"

蚯蚓马上答应了。

于是，虾子就把两只又圆又亮的眼睛装到自己尖尖的脑袋上。立刻，太阳照得虾子头昏脑涨，不多久，他就看到了世界上许许多多东西。虾子叹气

我国最早出版的动物故事集

说:"哎呀!没眼睛是地狱,有眼睛是天堂!"

虾子一面叹气,一面动了坏心思。他"扑通"一下跳进水里,再也不上来了。

可怜的蚯蚓到处摸索,也找不到那个骗子。从此,他不再唱歌了。

而虾子呢,骗来的东西终归是骗来的。不管他怎样装,那两只眼睛总是鼓在额角两旁,又难看,又好笑。这还不要紧,奇怪的是,虾子虽然有了眼睛,心里却从此没有快乐。他提防被蚯蚓撞见,一天到晚躲躲闪闪,一有风吹草动就往后退,连自己的影子也害怕。

(原载《民间文学》1959年8月号,选自《中国动物故事集》,上海文艺出版社,1978年5月新一版)

狡猾的鳝鱼

很久以前,有的动物还没有定居下来。一天,他们聚集在一起商议。商议了很久,没有商议出个好办法。还是蛇想出了个主意:"鱼喜欢水,那就让鱼住在水里,我和青蛙住在陆地上的草丛中和水洞里,大家看看好不好?"

蛇提出来的主意,大家听了都满意。从此,鱼就安家在水里,蛇和青蛙就安家在草丛和水洞里。鱼、蛇和青蛙定居下来,大家生活得很美好。

有一条鳝鱼,没有参加最初的商议,他想独自一个住在水里,又想独自一个住在陆地上。于是,他就想出了一个坏主意。

一天，鳝鱼跑到鱼的家里，亲亲热热地对鱼说："鱼大哥，我们都是一个祖先的后代，不信你们看看，我的尾巴和你们的尾巴一模一样，咱们是一家人不说两家话，你们可不要对我外气。"

鱼听了，就热情地招待鳝鱼。

鳝鱼又对鱼说："鱼大哥，我听说蛇很坏，他霸占着绿绿的草丛不算，还和青蛙霸占着水洞，我们要想个办法把蛇除掉才好。"

鱼听了，没说什么。

鳝鱼又说："鱼大哥，这件事情你们放心，由我一个去想办法对付好了。"

一天，鳝鱼又跑到蛇的家里，热热乎乎地对蛇说："蛇大哥，我们都是一个祖先的后代，不信你们看看，我的头和你们的头一模一样，咱们是一家人不说两家话，你们可不要对我外气。"

蛇听了，就热情地招待鳝鱼。

鳝鱼又对蛇说："蛇大哥，我听说鱼坏极了，最初商议好的，他们居住在水里，现在他们后悔了，说他们鱼多，要把我们赶走，由他们来盘踞这绿绿的草地。"

蛇听了，有点半信半疑，没说什么。

鳝鱼又说："蛇大哥，这件事请你们放心，由我一个去想办法对付好了。"

鳝鱼从中挑拨来挑拨去，他的这套把戏，慢慢地被青蛙看破了。

青蛙忙着把鱼和蛇请过来，对他们说："鳝鱼是最狡猾的，他见了蛇就摇头，见了鱼就摆尾，我们可不要上了他的当。"

鱼和蛇一听，都明白过来，大家一起把狡猾的鳝鱼赶跑了。

鳝鱼不能居住在陆地上，也不能居住在水里，他不敢再跟鱼和蛇见面，只好躲藏在稻田里的泥巴底下。

（原载《民间文学》1963年第3期，选自《中国动物故事集》，上海文艺出版社，1978年5月新一版）

这一时期，洞头县海洋动物故事的搜集量也很少，只有两篇，即《虾子做媒》和《海贝和寄生蟹》。

当时全国文艺界贯彻党的"百花齐放，推陈出新"的文艺方针，浙江省十分重视民族民间音乐、舞蹈的挖掘、改编，举行了全省性的选拔比赛。洞头县虽然地处海岛，直到1952年1月才全境解放，1953年7月才置县，但也积极发动民间艺人整理有海洋特色的文艺节目，并于1955年1月至1956年12月，三次举办全县民间音乐舞蹈会演。在洞头岛流传极广的两个海洋动物故事被改编成民间舞蹈，《虾子做媒》改编成《红虾和舌鳎》，《海贝和寄生蟹》改编成《贝壳舞》。

《虾子做媒》的故事是这样的：

虾子做媒

（流传于浙江省洞头县）

过去，红涂条鱼不是红的，是雪白雪白的，叫白涂条。它和白弓鱼是邻居。白弓鱼生得小巧，通身银闪闪。它两个从小在一起，大了，暗暗相好上了。

这事不知怎么被白弓鱼的阿爸知道了，真气啊！它嫌白涂条穷，出不起聘礼，办不起家私，自己得不到便宜。老白弓鱼把女儿大骂一通，不准它再去找白涂条鱼。

这事传到虾子的耳朵里，虾子真高兴呀。原来，海魟鱼早就看中了白弓鱼，它知道自己粗皮瘌痢身，白弓鱼看不上，仗着钱多，买通虾子，要它做媒人。虾子看准了这个好机会，来找老白弓。

虾子说："我来说一门亲事。"

老白弓问："哪一家呀？"

"喏，就是魟鱼呀！"

老白弓一听，不欢喜："什么，是又笨又粗的魟鱼啊？"

虾子眯着双眼，说："怎么又笨又粗，那是它体格好哩！"

老白弓说："听说它懒惰。"

虾子说："那是它家钱多，什么事不必自己做。它说了，要多少聘礼，就给多少聘礼；要什么家私，就做什么家私。你攀上这门亲，后半世就不用愁了。"

老白弓听虾子这么一说，心动了，就应承了这门亲事。魟鱼第二日下了聘礼，第三日就来迎亲。白弓鱼哭死哭活，它阿爸硬逼呀，没办法，只得上了花轿。

白涂条得到这个消息，气得昏倒。醒过来后，血吐了好几口，把全身都沾红了。从这以后，白涂条鱼的子孙成了红涂条。

迎亲的锣鼓惊动了邻居，大家听说老白弓替女儿找了个有钱女婿，都来看热闹。近前上看，哈，是笨头笨脑、粗皮癞头的魟鱼！那么笨那么大的魟鱼，娶那么小那么细的白弓鱼，大家哈哈大笑。舌鳎鱼和龙头鱼笑得最厉害，连着笑了二日三夜。结果，舌鳎鱼的嘴笑歪了，龙头鱼连骨头也笑酥了。

一路迎亲，议论可多了。有的说："老白弓也真糊涂，这不把女儿害了！"有的问："是谁做媒人呀？"知底细的指了指虾子。有的指着虾子说了："虾子能做什么好媒人？它贪了钱，就变瞎子啦！"

虾子受到大家的耻笑，难为情，满脸通红，--路上没敢再抬起头来。

一直到现在，舌鳎鱼歪嘴，龙头鱼是软骨的，就是那时候笑的缘故。虾子呢？它老佝着身子，低着头，红着脸，贪了一点媒钱，直到现在还难为情哩！

陈懿琛　讲　　述

邱国鹰　记录整理

这个故事在洞头可以说家喻户晓，每当餐桌上出现舌鳎鱼或龙头鱼时，人们便会说起这个故事。故事中舌鳎鱼笑得歪了嘴、龙头鱼笑成软骨头，和现实中这两种鱼的特征契合，更加深了人们的印象。

《海贝和寄生蟹》的故事是这样的：

蛤蜊和花蚶同在滩涂上过日子，时间一长，两个喜欢上了。海贝们在海滩上尽情欢舞，为蛤蜊和花蚶筹备婚礼，小海螺也来帮忙。凶恶的螃蟹趁大家忙忙碌碌，抓走并残害了幼弱的海螺，钻进螺壳，混进贝群中，想再次逞恶。机灵的蛏大姐识破了螃蟹的伪装，带领海贝与它搏斗，终于击败了螃蟹。为非作歹的螃蟹被螺壳所困，再也出不来，成了寄生蟹。

民间艺人把《海贝和寄生蟹》改编成舞蹈《贝壳舞》，让演员们

广场上的《贝壳舞》

披上五彩的"贝壳"，配上优美的地方乐曲，在舞台、广场上翩翩起舞。这个舞蹈在温州和浙江两级会演中获得一等奖，并于1959年7月参加了国家文化部在北京举办的八省、自治区音乐舞蹈汇报演出，广受好评。这以后，《贝壳舞》成为洞头县文艺演出的保留节目，2007年6月被列入浙江省非物质文化遗产名录。

从全国范围看，洞头县对海洋动物故事的采录和二度创作，起步是早的。

[贰]改革开放以来的传播

改革开放以来，民间文学彻底摆脱了"封建迷信"紧箍咒的束缚，得到了长足的发展，海洋动物故事的搜集整理也受到了重视，一些地方陆续采录到了少量故事。

民间文学采风

1984年开始的"民间文学三集成"工作，是新中国成立以来规模最大、发动面最广、参与人数最多、成果最为丰硕的民间文学田野采风工作，大批海洋动物故事在这一时期被发掘。许多报刊争相登载，出版的海洋动物故事专集或选有较多海洋动物故事的民间文学集就多达十余种。

进入21世纪，各地开展民族民间

文艺调查、非物质文化遗产普查等工作，又采录到了一批海洋动物故事。同时，在广泛发掘的基础上，通过发表、出版、演讲、二度创作等多种形式，海洋动物故事得到了前所未有的广泛传播。

改革开放以来出版的部分海洋动物故事集

书名	编著者	出版社	出版时间	收录的海洋动物故事篇数
海洋动物故事	邱国鹰	福建人民出版社	1981.6	31
东海鱼类故事	邱国鹰 管文祖 金　涛	浙江人民出版社	1981.6	39
海龟飞上天	本社	少年儿童出版社	1983.3	38
中国水生动物故事	王一奇 凉　汀	中国民间文艺出版社	1984.10	71
中国海洋民间故事	王　洁 周华斌	海洋出版社	1987.11	24
虾兵蟹将的故事	邱国鹰	浙江少年儿童出版社	1989.3	29
中国螃蟹故事	金　涛	海洋出版社	1990.2	42
海洋民间童话故事	邱国鹰	明天出版社	1992.11	15
鱼虾传奇	邱国鹰	华夏出版社	2006.6	43
洞头海洋动物故事集	邱国鹰 陈爱琴	中国福利会出版社	2009.8	80

1. 洞头县流传的海洋动物故事

　　洞头县大规模的民间文学采风活动始于1979年，当时正逢中华人民共和国成立30周年，省、市文艺界开展了纪念性的征文活动。洞头县文化部门根据当地的实际情况，确定重点发掘海岛的民间文学

作品。县文教局下发文件，县文化馆布置任务，各文化站具体实施，组织大批文学爱好者深入码头、船头、田头，搜集民间故事。经过4个多月的努力，共搜集到50多篇民间故事，绝大部分为地方风物传说。县文化馆择优选出34篇，编印成《洞头民间故事》（第一辑），其中有8篇为海洋动物故事。

时任浙江省民间文艺研究分会驻会负责人的陈玮君先生，是最早看到洞头海洋动物故事并给予充分肯定和鼓励的民间文学专家。在他的启发和指导下，洞头县从1980年到1986年连续7年组织民间文学骨干作者60余人次，进行了20多次规模不等的海洋动物故事专题采风活动，搜集到各种民间文学资料70余万字，其中海洋动物故事多达50余篇。1987年，"民间文学三集成"普查工作全面展开，洞头县再次发动民间文学爱好者、特约普查员、文化站工作人员组成普查队伍，足迹遍布全县90%的村舍。在半年多时间里，采录到民间文学资料300余万字，新发掘海洋动物故事近20篇。进入21世纪后，在民族民间文艺调查和非物质文化遗产抢救调查中，又采录到几篇海洋

洞头县内部印刷的故事集

《海龟飞上天》　　　　《中国螃蟹故事》　　　　《虾兵蟹将的故事》

动物故事。

从1979年到2008年的30年间，洞头县采录的海洋动物故事达80余篇，如果加上人变鱼虾的传说和鱼类入药的故事，则多达120余篇。

海洋动物故事最初在报刊发表或出版社出版时，名称不甚一致，较多见的有"鱼类故事"、"水族故事"、"水生动物故事"、"虾兵蟹将故事"等。最早采用"海洋动物故事"名称的是福建人民出版社。

洞头县海洋动物故事的发表始于1980年6月。当时，浙江尚没有专门发表民间文学作品的刊物。浙江省民间文艺研究分会的陈玮君先生把洞头县搜集到的第一批海洋动物故事向福建人民出版社作了推荐，该社编辑、福建省民间文艺研究分会副秘书长陈炜萍先生在他主编的《榕树文学丛刊》上一次性发表了8篇（其中《鲨》和《海鸥为

发表过洞头海洋动物故事的部分刊物

民间文学专辑

最早发表洞头海洋动物故事
的刊物

什么是白的》属海洋动物传说）。不久，北京的《民间文学》、上海的
《故事会》也于1980年9月分别发表了一组3篇和一组5篇洞头海洋动
物故事。这以后，《民间文学》、《山海经》等刊物也陆续予以登载。

　　洞头海洋动物故事的出版始于1981年，福建人民出版社和浙
江人民出版社几乎同时约请洞头县编选海洋动物故事专集。福建
人民出版社的《海洋动物故事》于1981年6月出版，收录流传于洞头
县的海洋动物故事35篇（其中4篇属于海洋动物传说）。浙江人民
出版社的《东海鱼类故事》也于1981年6月出版，收录海洋动物故
事44篇（其中海洋动物传说5篇）；在39篇海洋动物故事中，洞头县
占25篇，舟山各区县占13篇，天台县占1篇。这本专集获得全国首届
（1979—1982）民间文学作品二等奖。

　　这以后，洞头县的海洋动物故事被全国各地出版社出版的40多
种动物故事集、民间故事集所选录。收得较多的有：中国民间文艺

《海洋动物故事》

《东海鱼类故事》

《中国水生动物故事集》

出版社于1984年10月出版的《中国水生动物故事》，收录海洋动物故事71篇，其中洞头县占42篇；海洋出版社于1987年11月出版的《中国海洋民间故事》，收录水族故事41篇，在24篇海洋动物故事中，洞头县占一半。

2009年，洞头县民间文艺家协会在认真核查、甄选的基础上，选定80篇故事，编成《洞头海洋动物故事集》，由中国福利会出版社出版，成为洞头县30年来采录海洋动物故事的定本。

洞头县海洋动物故事部分篇目

题　目	传承人	记录整理人
石斑鱼和海龟找金甲	罗浩明	陈海欧
虾兵蟹将	南存亿	黄信爱
雄海马养儿育女	郭发源	汪文添
鳓鱼的骨头为什么多	赵珠尧	蔡庚尧

题　目	传承人	记录整理人
虾子、海蜇和带鱼	尤定锡	邱国鹰
虾蛄和龙头鱼	陈增岳	邱国鹰
海蜇靠虾子当眼睛	许曹富	邱国鹰
马鲛鱼当大王	赵珠尧	蔡庚尧
弹涂鱼装错眼睛	林永清	黄福来
章鱼打官司	黄一岁	黄鹂
章鱼擒乌鸦	黄荣良	邱国鹰
鲻鱼吃涂泥	林阿滔	邱国鹰
青蛙和墨鱼	陈分	林新贵
墨鱼和海蜇	尤定锡	邱国鹰
墨鱼吃小虾	吕国平	陈海欧
老龙虾嫁女	南存亿	黄信爱
贪吃的海龟	南存亿	黄信爱
章鱼斗燕魟	林阿滔	邱国鹰
玉珠鱼治蜻蜓	郑仓海	邱国鹰
乌鳢鱼产卵	诸葛老人	戴成崇
河豚和黄鲷鱼	陈分	林新贵
河豚的肚子为什么大	陈庆飞	黄信爱
带鱼竖着游	王金焕	叶永福
龙头鱼和藤壶	翁金乃	邱国鹰
鲳鱼救黄花鱼		陈庆飞
泥螺、青蟹、白节鱼拜师	陈金彪	邱国鹰

题　目	传承人	记录整理人
泥螺为什么拖泥带水	甘进兴	甘世宽
纹螺和珠螺的故事	伊阿彩	王金焕
水獭、蛏蚱和花螺比本领	郑加来	黄福来
蛏、蚌和海石奶	张温权	叶永福
蚶子	云波	陈海欧
背上驮馒头的蟹	陈如奶	邱国鹰
鳗鱼头和土龙尾	黄振劢	黄　鹂
伤痕斑斑的跳鱼	张孚进	王金焕
贪心的花专鱼	施亚仁	林新贵
带鱼和鲨鱼	李庆成	陈海欧
章鱼和望潮	林阿滔	邱国鹰
大脚虾和红土条	林明岩	林友坚
虾几掀浪	尤定锡	邱国鹰
鲨鱼身上的沙哪里来的	南存亿	黄信爱
小白条鱼学本领	黄荣良	邱国鹰
鲨鱼应考	陈金彪	邱国鹰
河豚鱼耍刀	尤定锡	邱国鹰
花蛤学飞	翁金乃	邱国鹰
蟹兄弟	陈金彪	邱国鹰

（不包括收入本书的作品和代表性传承人的作品）

2. 浙江各地流传的海洋动物故事

浙江省有长达6486千米的海岸线，500平方米以上岛屿3061个，海洋渔场22万多平方千米；全国14个海岛县中，浙江占了6个。这种特殊的海洋地理环境，是产生海洋动物故事的最好土壤。在浙江各地，除洞头县之外，舟山的定海区、普陀区、嵊泗县采录的海洋动物故事较多，每个县（区）都有10篇以上。

海蜇行走虾当眼

（流传于舟山市定海区）

原先海蜇也有一双明亮的眼睛，可现在没有啦，在海里游的辰光，靠叮在头上的几只小虾当眼睛，一碰到危险，小虾"噗"一跳，海蜇便用翼子把头包拢，"触——"沉落水底。那么，海蜇的眼睛是怎么没有的呢？

据说，在一个月光明亮的夜里，一对小白虾在珊瑚礁上成亲拜堂，各种各样的鱼统统赶来庆贺，黄鱼敲鼓，螃蟹敲锣，新郎新娘手拉手跳着舞；海蜇姑娘是婚礼主持人，高兴地跑前跑后招待客人。正当大家玩得顶热闹的辰光，突然海蚯蚓慌慌张张跑进来喊："勿好啦，勿好啦！乌贼来抢亲啦！"

大家一听惊呆啦，胆小的鱼虾统统吓得躲在角落里。因为乌贼仗着头上的一根毒刺和一肚子毒墨汁，在海中无法无天，欺侮弱小，大家都怕碰上它。这时，乌贼瞪着个贼眼乌珠冲过来，用长须去拉新娘。

《海蜇舞》

海蜇姑娘一边护着吓坏了的新郎新娘，一边大声责问："你凭啥欺侮
人？"乌贼恶狠狠地说："你少管闲事！"说着，竖起头上的毒刺，猛向
海蜇姑娘刺去。海蜇姑娘迅速用嘴咬住毒刺。一个要拔出来，一个勿
肯放，乌贼看海蜇姑娘不肯松让，便"哧"一下朝海蜇姑娘的眼睛喷出
毒墨汁。海蜇姑娘感到双眼一阵剧痛，什么都看不见啦。它忍着痛，死
死咬着毒刺不放，突然"啪嗒"一声，乌贼的毒刺被咬断了，乌贼痛得
抱头就逃跑。

　　海蜇姑娘赶跑了乌贼，可它自家的眼睛瞎了。海蜇姑娘十分伤
心，躲在黑暗的角落偷偷哭起来。这时新郎新娘来到它身旁，讲："海

蜇姑娘，你别难过，你为了保护我们才没有了眼睛，我们勿会把你忘记的，今后叫我们的子子孙孙永远当你的眼睛！"

从此以后，海蜇姑娘的头上总叮着几只小虾，为海蜇行走当眼睛。"海蜇行走虾当眼"这句俗话也就流传开了。

姚定一　讲　　述

于海辰　记录整理

九月九，望潮吃脚手

（流传于舟山市普陀区）

望潮和鱿鱼、乌贼是好朋友，都住在浅海里，每年春来冬去要搬家。望潮圆滚滚，短鼓鼓，有八只又细又长的脚手，行动交关勿便，最怕搬家。

这年，冬天快到了，鱿鱼和乌贼来叫望潮搬家，结伴到南方去过冬，望潮勿肯去。乌贼讲："南方暖和，吃得好，住得好，等过了冬天再回来，我们同去同来，路上好照应。"

望潮听勿进："横竖明年春天要回来，多少麻烦！我勿去，要去你们去！"鱿鱼和乌贼看看劝勿进，只好自己走了。

过了重阳，北风一刮，海水变冷，望潮全身光秃秃，让冷风一刮，后悔了：早晓得介冷，还是跟鱿鱼和乌贼一起到南方去的好！它想寻个地方避避寒气，东爬西爬，爬上一块泥涂。这辰光，潮水退了，太阳把泥涂晒得暖烘烘的，它觉得蛮惬意，心里忖：这里勿是蛮好吗？亏得我呒没走。把脚手一伸，躺在泥涂上晒太阳，舒服极了，迷迷糊糊地困着了。等它一觉困醒，太阳落山，潮水涨了，阵阵海浪泼到身上，冻得骨骨抖。它正想寻个地方躲一躲，"骨碌"，看见几只小沙蟹往泥洞里钻。哎！这个办法好，泥涂一定比水里暖和。它也学样挖了个深深的泥洞，钻了进去。

天气越来越冷，望潮冻得缩成一团，连爬出泥洞晒太阳的勇气也呒有了。整天缩在洞里，没东西吃，肚皮饿得咕咕叫，真饿煞了，便糊里糊涂地咬起自己的脚手来。饿了，咬几口，饿了，咬几口，一个冬天把脚手吃得精光。

等到春天，气候转暖，鱿鱼和乌贼从南边回来。一个冬天呒有碰到望潮了，便去问鲳鱼，鲳鱼摇摇头，说呒没看见过；又去问鰳鱼，鰳鱼摇摇头，说勿晓得。鱿鱼和乌贼着急了，从深水寻到浅海，从浅海寻到泥涂边。突然看见有个圆圆的东西，让潮水冲得漂来荡去，走近一看，原来是望潮。它们觉得交关奇怪，望潮那副又长又好看的脚手勿见了，只留下短短的一截，一问才晓得望潮把自己的脚手吃了。鱿鱼和乌贼看它这副叮怜相，便劝它莫难过，到下次搬家辰光莫再偷懒。

啥人晓得，望潮呒没接受教训，到了冬天，又懒得勿肯搬家，结果，把新长出来的脚手又吃得精光。这样年年老样子，所以钶鱼人

讲:"九月九,望潮吃脚手。"

陆阿怀　讲　　述

管文祖　记录整理

咬尾巴带鱼

（流传于舟山市嵊泗县）

带鱼性子鲁莽,鮨虹鱼生来滑头。两个住在同一个海域里,带鱼常常吃亏。

带鱼本来是东海的佩剑武士。有一日,带鱼勿小心把佩剑丢了。佩剑是镇海之宝,要是让龙王晓得,要杀头的,带鱼心慌,出去到处找。

带鱼找呀找,找到一个海区。这地方有条鮨虹鱼,张着大口,好像大簸箕,吸一口气,小鱼小虾带海水就一同吸进去。带鱼看见有个剑一样的东西在鮨虹鱼嘴边跳动,就"呼"的一声蹿过去,迟了一步,这东西被鮨虹鱼吞进肚里去了。

带鱼要和鮨虹鱼拼命,鮨虹鱼说:"别忙,别忙!我吞进去的是条车子鱼,勿是佩剑。"

带鱼说:"车子鱼吭没介亮,佩剑一定在侬肚子里。"

鮨虹鱼讲勿清爽,只好翻肠倒肚,把肚里的东西都倒出来给带鱼看。带鱼看看吭没佩剑,才死心了。

鮨虹鱼不高兴了,心想,这家伙又蛮又笨,我也来捉弄捉弄它,于是就说:"依我看,谁也冼有偷佩剑,你晓得,宝剑是龙宫的宝贝,自己要来就来,要去就去,黑夜藏在海底找勿到,只有日里才浮出水面来。"

带鱼说:"海面介大,啥办法找到它呢?"

鲐鲏鱼说:"真是死脑筋!你一个去找当然找勿到,千万条鱼去找难道还找勿到吗?"

带鱼一听,对呀,回去召集全族带鱼,叫大家一道去找。成群结队的带鱼出动了,从春天找到夏天,从秋天找到冬天。有一回,看见一个扁平的东西在闪光,越看越像佩剑。带鱼不管三七二十一,往上一蹿,紧紧咬牢,死也不放。接着,又有一条带鱼看见了,蹿上去,也死死咬牢。介样子,一咬二,二咬三,咬成一大串。其实,它们咬牢的勿是啥宝剑,而是被渔民钩住的一条带鱼的尾巴,粗心的带鱼上当了。

直到现在,带鱼还勿晓得,一直在找宝剑。所以,当渔民钓带鱼辰光,一枚钩子会钓上长长的一串,人们叫"咬尾巴带鱼"。

马有富　讲　　述

金德章　记录整理

弹涂鱼为啥怕下海

（流传于舟山市岱山区）

从前,弹涂鱼和红虾都是东海大洋里的跳高健将,而且弹涂鱼比红虾的跳高本领大。可是,现在的弹涂鱼只能在海涂上跳跳,不敢到大海里去跳了,这有啥缘故呢?

有一天,弹涂鱼鼓大小眼珠,摆弄了几下尾巴,尖着嗓子说:"红虾姑娘,我闭着眼睛同侬比跳,看谁跳得高、跳得远。"

红虾姑娘笑笑说:"我个子矮小,勿如侬跳得高。但侬闭上眼睛跳,那可勿一定是侬赢我输呢!"

弹涂鱼傲气十足地说:"比比看吧!"

于是,它俩选定了场地,请虾潺和比目鱼当裁判。比赛开始了,一些爱看热闹的水族也都赶来,里里外外围了个水泄勿通。

弹涂鱼紧闭着双眼,若无其事地跳开了。一开始,它跳得倒也熟练,花样也多。围观的水族一再热烈喝彩,弹涂鱼受宠若惊。可是一个勿小心,它在一次骤降时失了手,摔得皮开肉绽,水族们都吓坏了。

大家七手八脚地把弹涂鱼抬到珊瑚树下休息,帮它包扎好伤口。幸亏抢救得快,总算保牢了一条性命,可是留下了一身斑斑驳驳的伤残疤痕,一块青一块紫,尾巴短了一截,头颈缩短了,弹跳力也大大减弱了。

从此以后,弹涂鱼再也不敢到大海里去跳了。

沈华鼎　讲　　述

文　鹤　记录整理

除了舟山群岛，浙江滨海的几个县也有少量的海洋动物故事流传。

气死河豚鱼

（流传于宁波市象山县）

老早，河豚鱼的肚皮同鲫鱼差不多，小得很。

一日，河豚鱼被一个抲鱼人抲住了，肚皮一吸一吸，眼泪水直余，哀求抲鱼人："求求老大放生。"抲鱼人讲："要我放你，好咯，你要动个脑筋，让我每日抲满一船鱼。"河豚点点头，抲鱼人便把它放回海里。

河豚鱼回到海里，碰到小头鲳鱼，轻轻对他讲："你假使碰着网，要拼命往前头钻，不然会没命咯。"碰到大头黄鱼，河豚又轻轻讲："你假使碰着网，要拼命往后头退，不然会没命咯。"鲳鱼和黄鱼把河豚鱼的话记牢了。

一日，鲳鱼和黄鱼触网了。鲳鱼拼命往前头钻，鲳鱼是头小身大，结果头往网眼里套进，越钻越陷得紧；黄鱼头大身小，只要往前头钻就会逃出去咯，它却拼命往后退，一退就兜进网里。介一来，鲳鱼和黄鱼被网住。从此，抲鱼人每日抲到很多鱼，心里高兴煞了。

一次，河豚鱼又被这抲鱼人抲住了。河豚鱼以为自己有功劳，抲鱼人又会放它咯。抲鱼人心忖：鲳鱼和黄鱼都是听了河豚鱼的话才上当的，假使河豚鱼把真情讲出去，我再也抲勿到介多鱼了。介一忖，就勿放河豚鱼了。

河豚鱼逃不脱了，气得肚皮骨碌圆骨碌圆。

屠卫国　讲　　述

解亚萍　记录整理

红头君和虾卷弹

（流传于台州市临海市）

虾卷弹原来不叫虾卷弹，叫琴虾；红头君原来也不叫红头君，叫小君鱼。因为有一年东海龙宫出了一起"御膳案"，它们才都改了名。

早先，东海龙王的御厨房是大鲨鱼做厨师。它肚大嘴巴贪，手硬性子凶，动不动敲桌打凳，砸盘摔碗，每餐总要把好菜吃掉一大半。东海龙王受不了啦！一怒之下，就把鲨鱼厨师赶了出去。

没有厨师可不行，东海龙王重新出榜招聘。榜一贴出，章鱼、墨鱼、螃蟹等纷纷前来应聘。龙王嫌章鱼手多，不稳当；嫌墨鱼身黑，太龌龊；螃蟹嘛，更是毛手毛脚……总之，都够不上条件。

这天，小君鱼和琴虾也来应聘。东海龙王一听，这两个名字怪美气的，抬头一看，它俩身材小巧玲珑，一副干净相，很讨人喜欢，于是点点头说："好，你们两个就上御厨吧。"

小君鱼和琴虾手拉手来到御厨里。

琴虾对小君鱼说："小君鱼，今天你洗菜淘米，我烧火。"小君鱼想："你倒老实不客气，一来就发号施令，明知洗菜淘米是下手活，却调派我去做。"小君鱼心里不满，但碍于情面，不好推却，还是拿着菜和米出去了。

小君鱼一走，琴虾就升起火来。烧着烧着，它的懒劲上来了，嘴里连连打着哈欠。琴虾一撂柴火，走出去寻个地方躲着，困起懒觉来。

小君鱼回来，发觉琴虾不见。看看灶膛里，火墨墨乌，望望锅里头，水冰冰凉。抬头看看天，哎呀，离开饭时间已经不远啦。没办法，只好卷起袖筒，独个烧水、下米、做菜。不到半个时辰，能干的小君鱼竟把一餐香喷喷的饭菜做出来了。

饭菜端到御膳堂，龙王筷子一伸，口舌一搭，连说："好香，好香！"

龙王问今天的饭菜是谁做的，小君鱼说："启禀大王，这是我小君鱼试着做的。"

龙王抬头一看，只见搬饭端菜、上上落落只有小君鱼一个，不由生疑，问："还有一个呢？"

小君鱼回答说："影子都没有！"接着就将自己与琴虾如何分工，如何不见了琴虾，如何独个烧饭、做菜，前前后后讲了一遍。

龙王听了，勃然大怒，骂声："好一个懒虫！"随即命令值殿的蟹将军快将琴虾带来。

蟹将军四处寻找，在御厨后边的珊瑚树下找到了琴虾。这家伙

睡得很沉，推也推不醒。蟹将军用一对铁钳将它扛到龙王面前，它还没有完全清醒。

龙王一见琴虾这副蜷身懒睡的丑相，大为冒火，圆睁着双眼厉声喝道："呔，不识抬举的东西！我招聘你为御膳厨师，你为何贪睡误事？"

琴虾一愣，睁眼瞧瞧龙王那对圆鼓鼓凸出来的眼珠，吓得全身发抖，那身子弓得更加厉害，半句话也答不上来。龙王更加恼火了："看你这副死相，真叫人讨厌！好吧，从今天起，罚你永远蜷着身子。"从此，琴虾的身子一直蜷曲着，人们就将它改名为"虾卷弹"。

龙王转过身来，对小君鱼笑道："小君鱼啊，我做事一向赏罚分明。今天你办事勤奋，本王赐你一杯美酒。"

小君鱼一见龙王赐下的这杯美酒，不由吓了一跳。哎呀，杯子和自己的身子差不多高哩！它迟疑着不敢接。小君鱼不接杯，龙王不高兴了，脸色沉了下来。小君鱼看看龙王的脸色，担心也被处罚，连忙尽平生之力捧起酒杯，憋住气，一仰脖子，把酒往嘴里倒。只听"咕噜噜"一声响，那酒一半进了肚里，一半流在外面。

御酒一下肚，小君鱼只觉得头重脚轻，天旋地转，一刹那，满脸满身涨得通红通红。从此，小君鱼就变成了现在这身红红的颜色，人们给它改了个名，叫"红头君"。

直到现在，在浙江临海这一带，如果有人说红头君难看，老人们就会捋捋胡子说："难看？别这样说，那还是龙王赏的哩！"

曹志天　搜集整理

跳跳鱼

（流传于嘉兴市海宁市）

钱塘江的口子外面是汪洋大海，里面像个喇叭管子，很长很长。喇叭管子两边是山，潮水向钱塘江口涌进来，受到了两旁夹力的推进，所以浪峰掀起，水流凶猛，形成天下奇观"海宁潮"。在喇叭管的口子那里，有个地方叫横塘关。这里水流浪急，是鱼类通行的"天险关口"。鱼儿们跑到这里，心惊肉跳的，有些鱼简直不敢闯这个"关"。

据说，在敢于闯横塘关的鱼中，最勇敢、最细小的要数跳跳鱼了。

跳跳鱼啥模样？跟泥鳅差不多。不过，它们的两只大眼睛暴得像要掉出来，在鱼类中是少见的。还有它们的两个鱼翅像两只脚，在水里能游，在水面能跑，在泥洞里能钻，在海边的岩石、小树上能爬，在海面上能走能跳。有时它们一跳就是尺把高，所以叫跳跳鱼。跳跳鱼的武艺可算高强啦！

有一回，一群黄鱼在横塘关外面探头探脑，想进到钱塘江去玩。它们胆子小，不敢进去，请跳跳鱼们带路。跳跳鱼们你一言我一语地说："啥？横塘关这么窄，你们大头大脑的也想进关去？""你们也不看看，我们跳跳鱼的身体这么小，过关的时候，头还被轧得眼睛暴出

来呢。你们要进关，头还不被轧扁了？""大头黄鱼要是进得去，也就变成死黄鱼啦！"

跳跳鱼们七嘴八舌地一说，黄鱼们只好尾巴摇摇，"咕咕咕"地叹着气，回到海洋里去了。直到现在，只在横塘关外面的海里有黄鱼，横塘关里面的钱塘江里没黄鱼，即使在江里看到几条黄鱼，也是死的。

那么跳跳鱼的眼睛暴出来，是不是过关时轧出来的呢？不是的。有几条冒险的黄鱼进了钱塘江，变成了死黄鱼，是不是被钱塘江的关口轧死的呢？也不是——它们是涨潮时被横塘关的急流冲死的。跳跳鱼们干吗那么说呢？它们自私自利，怕黄鱼进了钱塘江会分吃它们的食物，才吓唬黄鱼，不让它们进关。

既然黄鱼们进不了关，跳跳鱼们自己就该和睦相处啰，不，它们还要各自逞强，互不相让。有时为了一点小事，有时为了争夺食物，跳跳鱼们老是在钱塘江的江边海面上吵骂、打架。它们一对一，帮对帮，打群架，一个个暴着眼睛，张着嘴，蹦着跳着，谩骂、厮杀。嘿，跳跳鱼们凶着哩！年长日久，习惯成自然，于是跳跳鱼们的眼睛都暴得像要掉出来，成了一副怪样子。

陈万庆　讲　　述

董天泽　记录整理

浙江省海洋动物故事部分篇目

题名	传承人	记录整理者	流传地区
带鱼为啥没有鳞	姚定一	于海辰　姚定一	舟山定海
黄鱼、鳓鱼和蟹	马阿科	翁碎飞	舟山定海
鳓鱼投亲	姚定一	于海辰　姚定一	舟山定海
鲸鱼的传说	邵阿毛	于海辰	舟山定海
鲨鱼、鳗鱼和虾潺	邵阿毛	任武	舟山定海
鲳鱼隔壁相	罗养根	于海辰　傅岳平	舟山定海
箬鳎做媒	姚卫民	林海峰　姚燕君	舟山定海
望潮吃脚手	姚定一	于海辰	舟山定海
对虾的传说	严荷仙	严浩萍	舟山定海
虾不懒虫	姚定一	于海辰　姚定一	舟山定海
长脚虾和红钳蟹	姚定一	于海辰　姚定一	舟山定海
乌贼和花鱼	张小新	管文祖	舟山普陀
田鸡和乌贼	陈定法	顾维男	舟山普陀
乌贼鲨鱼斗法	潘定成	顾维男	舟山普陀
癞头黄鱼	唐连湘	管文祖	舟山普陀
梅童说亲	张意兴	管文祖	舟山普陀
淘气的梅子鱼	史小裕	管文祖	舟山普陀
带鱼求婚	唐连湘	管文祖	舟山普陀
笨鲳鱼	胡云来	管文祖	舟山普陀
黄鳜鱼贪刺	周宪庆	管文祖	舟山普陀
箬鳎做媒	张志明	管文祖	舟山普陀

题名	传承人	记录整理者	流传地区
气煞红头君	王峙清	管文祖	舟山普陀
海龙王分武器	戚静台	忻怡	舟山普陀
蟹和鳗考元帅	孙信荣	忻怡	舟山普陀
蟹与鲻鱼比武	唐连湘	管文祖	舟山普陀
红钳蟹寻小虾	唐孟龙	管文祖	舟山普陀
红虾跳龙门	朱德芳	管文祖	舟山普陀
对虾的来历	俞彭根	顾维男	舟山普陀
弹涂鱼为啥怕下海	沈华鼎	文鹤	舟山岱山
海蜇的来历	方阿里	任有土	舟山岱山
鱼虾蟹斗鲨鱼	沈雅清	文鹤	舟山岱山
墨鱼为什么黑	马有富	金德章	舟山嵊泗
梅童说亲	马有富	金德章	舟山嵊泗
渔夫与河豚	马有富	金德章	舟山嵊泗
海龟和乌贼	徐彩琴	金德章	舟山嵊泗
飞鱼和盲鳗	傅良月	金德章	舟山嵊泗
梦潮鱼斗乌鸦	徐彩琴	金德章	舟山嵊泗
鳓鱼投亲	郑宝裕	金德章	舟山嵊泗
"聪明"的鲳鱼	郑财来	金德章	舟山嵊泗
状元蟹	马有富	金德章	舟山嵊泗
遮阳蟹	徐彩琴	金德章	舟山嵊泗
蟹的大钳为何叫螯	马有富	金德章	舟山嵊泗
蟹跃龙门	杨文根父	金德章	舟山嵊泗
蟹背凹痕的来历	马有富	金德章	舟山嵊泗

题名	传承人	记录整理者	流传地区
铁甲将军	苏法富	叶元意	宁波宁海
无嘴无脸的鲨	胡明兰	胡筒明	宁波宁海
老猫和鱼虾	邬荣明	邬余英	宁波宁海
龙王分刺	董柏生	卢胡源	宁波宁海
黄梅童与龙头潺	蒋如日	田旭	宁波宁海
琴虾倒戴官帽	江贤秀	江鸣	台州温岭
水族四友	王奶儿	郭献忠	台州温岭
弹涂雀呆和白禽	林晨将	林复初	台州温岭
乌鸦与章鱼	王奶儿	郭献忠	台州温岭
龟脚		支超明	台州玉环
虾卷弹和它的好伙伴		陆梅	台州玉环
海蜇的故事		支超明	台州玉环
海龟和虾米		潘淑文	丽水
梭子蟹结拜	黄银洪	邱国鹰	温州鹿城
十蟹结盟	金圣生	阮十圣	温州瑞安
鲸鱼与水鳝	杨美娟	陈拥军	温州苍南
虾烧熟为啥会红	章锦勇	陈孟号	温州苍南
白鲜虾向蚯蚓借眼睛	西门昌	潘修彩	温州平阳
水潺和鲳鱼		潘修彩	温州平阳
海域三朋友	张茂汉	陈明辉	温州乐清
蟹娘教儿	金益仓	王嘉棣	温州文成
鱼虾告状	陈体亮	廖观星	温州文成

3. 我国其他地区流传的海洋动物故事

我国海岸线绵长，从辽东半岛到南沙、西沙群岛，关于海洋动物的故事很多。不过，从已经掌握的资料来看，属于海洋动物故事传说的不少，真正能归类为海洋动物故事的不多。

在西沙、南沙群岛流传的《皇帝鱼》故事，说的是古代七州国皇帝荒淫贪婪，吃尽了南海的珍贵海鲜，还强迫渔民进贡长生不老鱼，结果葬身大海，变成了头戴"皇冠"、身披"金甲"、翅尾似"龙袍"的"皇帝鱼"。

海南岛的《飞鱼姑娘》，讲的是海南岛清澜港的孤苦渔民阿清，在出海打鱼时恰逢飞鱼飞落船上，化作美丽的姑娘，两人结成恩爱夫妻。大渔霸"鲨鱼王"设毒计，要阿清卖妻抵债。飞鱼姑娘带阿清逃到礁石密布的七洋洲，惩治了"鲨鱼王"。

广西的《鲎》，说的是一对年轻的渔家情侣，为躲避财主抢亲，毅然跳入大海之中，化作鲎，从此成双成对，形影不离。

这些海洋动物故事尽管为数不多，但生动形象，各具地域特色。

龙门会

（流传于辽宁省丹东市）

海龙王要检阅一下鱼鳖虾蟹的本领，就召集五湖四海、九江八河的大小水族，到水晶宫里参加"龙门会"。

龙门会就是比武会。水晶宫前搭起了一座两三丈高的大门，叫

"龙门"，谁能跳过龙门，谁就是比赛的优胜者，当场领赏受封。

到了会日，水族们都聚齐了。大家规规矩矩地各就各位，单等龙王一声令下，就开始跳龙门。

鱼队里有条鲛鱼，身子灵巧，本领高强。他没把鱼鳖虾蟹们放在眼里，一到会场，就挨着鲤鱼坐下了。

鲤鱼长得又威武又俊气，眼睛锃亮，嘴上两绺胡子，身穿金黄色的衣裳。鲛鱼碰了碰他的肩膀，说："鲤将军，你看这龙门有谁能跳过去？"

"说不准，反正不容易。"

鲛鱼心里暗笑："连老鲤都打怯，看来能跳过龙门的，非我老鲛不可了！"

他越想越高兴，屁股也坐不稳了。水族们都在老老实实地等命令，他却离开座位，来到了龙门前面。鲛鱼抬头望望龙门，心想："这龙门不过两三丈高，哪里挡得住我老鲛！咱先给水族们来个下马威，显得我老鲛不是凡物。"

鲛鱼这么想着，一蜷身子，"腾"的一下，果然跳过了龙门。他又一蜷身子，"腾"的一卜，又跳了回来。这家伙越跳越得意，蹦过去跳回来，蹦跶得挺欢，把海龙王的王法忘到了脑后。

海龙王在水晶宫里听见外头闹腾，问身边护卫的虾兵蟹将："外面闹腾什么？"

一虾兵走出水晶宫，回来禀报说："鲛鱼在跳龙门哩。"

海龙王生气了："跳龙门的旨意还没下，这东西就胡闹，眼里连点王法都没有，以后还得了！去，把他头上的压浪石拿下来！"

什么是压浪石呢？据说，鱼的脑袋里有块白色的砂石，在水里游的时候可以压住风浪，叫作"压浪石"。鲛鱼的脑袋里，原本就有压浪石。

蟹将领了龙王的旨意，把鲛鱼脑袋里的压浪石拿下来了。可是，那鲛鱼满不在乎："哼，这压浪石有它没它算不了什么，我老鲛什么风浪也不怕。"

蟹将向海龙王交了压浪石，又把鲛鱼的话禀报了一遍，海龙王气得叫了起来："他还嘴硬！好，今后不许鲛鱼吃水里的活物！"

这下子把鲛鱼气闷了，肺也炸了，血也流不通了，在肚子里淤了个血蛋儿。

直到现在，鲛鱼的脑袋里还是没有砂石，它吃的是泥沙，肚子里还有个血蛋儿，那都是龙门会上叫海龙王贬的。

龙门会开始了，鱼鳖虾蟹挨个儿试巴试巴，哪一个也没跳过龙门。

轮到胖头鱼了。这胖头鱼是大脑袋，细身子，长得没有一尺长。它看准龙门，运足气力，身子一弓，使劲一跳，连一尺高都不到，"叭唧"摔了个仰面八叉。这家伙不服气，爬起来又跳，可是一回不如一回，累得呼呼直喘。

海龙王把他叫过来，说："跳不过就别跳了，回去好好练练武艺，练好了再来跳。"

胖头鱼摇头晃脑地说："别小看了咱，虽然咱跳不过龙门，可是有大本事。咱一年长一尺，十年长一丈，一百年哪，嘿嘿，就赶上老龙王啦！"

海龙王一听，气坏了："什么，好一个不自量力的胖头鱼！我叫你当年生，当年死，最多只长一尺长！"

直到现在，胖头鱼还是当年生、当年死。芸豆花开他坐胎，芸豆结角他出生，到第二年开冻的时候，它就瘦成了"大烟鬼"，等到甩了子儿，就连骨头带肉都化啦。

最后，轮到鲤鱼跳。这鲤鱼慢慢离开座位，来到龙门前面。它端量来端量去，憋了口气，往上一跳，身子那个轻呀，一点也不拖泥带水。只见一道金光闪过龙门，落下来的时候连点响声都没有，而且脸不红气不喘。接着，他翻身跳回来，转身跳过去，但见一道金光"唰唰"地在龙门上闪来闪去，连个影子都看不见。

海龙王哈哈大笑，捋着胡子满意地夸奖说："好！好一个金翅鲤鱼！"

咱们大伙儿管鲤鱼叫"金翅鲤鱼"，就是那次龙门会上海龙王封的。

孙泉友　王菏清　搜集整理

螃蟹的螯和海蚌、海螺的外壳

（流传于吉林省）

螃蟹原来并没有两只又粗又大的钳形大螯，海蚌、海螺也没有现在这样坚硬美丽的外壳。为啥长成现在这样？还有一段不平常的经历呢。

古时候，水生动物都生活在海洋、河流、湖泊里，归龙王管辖，统称为水族。自从孙悟空闹龙宫，夺走了定海神针以后，可把敖氏龙王吓坏了，成天价担心再有什么精灵闯进来闹腾，使它的龙宫宝座坐不牢靠。怎么办呢？龙王就召集虾兵蟹将、鱼鳖群臣聚会，商讨保护龙宫安全的大事。乌龟大臣提出一个万全之策：向江、河、湖、海的水族生灵发放兵器，有意外情况，好全族奋起抵抗。

哪承想，掌管发放兵器的那个虾官是个势利眼，他嫌螃蟹、海蚌、海螺这几种小动物整天价拱淤泥、钻石头缝的，太低贱，都是些没能耐的窝囊废，发给它们兵器也起不了什么大作用，就把脸一沉，当场把它们轰了回去。螃蟹、海蚌、海螺灰溜溜回到自己家里，又气又愧，有冤没处诉，有理没处说，只好憋在肚里生闷气。

那些得了兵器的水族当然都乐得够呛，它们看见螃蟹、海蚌、海螺没领到兵器，就嘲笑它们，拿它们寻开心。海蚌和海螺被欺负得整天躲在泥里不敢出来，螃蟹也只好钻在石缝里呜呜直哭。

赶巧，龙王三太子从螃蟹家门口路过，听到螃蟹哭得挺伤心，就把它叫出来，问它哭啥。老实的螃蟹就把自己没领到兵器、整天挨欺负的事一五一十地说了一遍。

三太子好打抱不平，听了这事，心里很生气，就把自己身上带的两把大铜解下来，递给螃蟹说："你拿我这对兵器出去游游，谁敢欺负你，就叫它尝尝这两把铜的厉害！"螃蟹拿着三太子的两把大铜到外边游走一阵，回来对三太子说："这玩意儿真灵，真的，没有谁敢欺负我了。"忠厚老实的螃蟹又把这大铜还给了三太子，三太子收了铜就返回龙宫去了。

过了些日子，三太子又从这里路过，发现螃蟹、海蚌、海螺聚在一起哭得更伤心。三太子就问："是怎么回事？"海蚌、海螺把自己和螃蟹一样没领到兵器、受其他水族欺负的经过诉说了一遍；螃蟹也把上次三太子走后，因为手中没有武器，别的水族又来欺负，自己整天饿肚子的事哭诉一遍。

三太子听了这话可气炸肺了，它两眼一瞪，两脚一跺，说："岂有此理！"接着皱了皱眉，思索一阵，说，"好！我给你们防身的武器，看谁还敢来欺负你们！"它摘下自己头上那顶美丽的金盔，罩在海螺身上，又把自己身上的那副连环甲的前后护心镜取下来合在一起，送给海蚌做外壳；最后把两把大铜亲手安在螃蟹的前肢上。

从此，这三个原本被人认为低贱、软弱的小水族，一下子翻了身，变了样。海螺有了布满花纹、像金盔一样的外壳，海蚌有了一对

扇形铁衣，谁要是再来欺负它们，就凭这个，不用还击，也会把它们碰个鼻青脸肿。而螃蟹呢，成了手持双铜的大将，过去欺负它的水族早就望而生畏。这三个就这样由弱者变成了强者。

螃蟹忠厚老实，念念不忘三太子的恩情，总想给这两把大铜起个有纪念意义的名字。推敲来推敲去，它想起来了，这铜是三太子送的，而龙王姓敖，自己呢，比起龙来，只不过是一条虫，就在"敖"字下边加个"虫"字来称呼这一对铜吧。从此，这对铜就叫"螯"，螯也就成了螃蟹永不离身的武器。

马维芳　搜集整理

长江里为什么没有黄鱼

（流传于江苏省镇江市）

春天，刀鱼、河豚、鲥鱼、黄鱼，伙伙约约一起从东海出发，往长江里游。一路上只见两岸桃红柳绿，景色优美。

头一个是刀鱼，第二个是鲥鱼，第三个是河豚，最后才是黄鱼。它们一路游着，一路谈着。

鲥鱼问刀鱼："长江里怎么样？"

刀鱼说："还好，就是江里的钩网太多，你看把我的尾巴也弄尖了。"说着，就把又细又尖的尾巴摆了两摆。

鲥鱼刚抬头看，自己却一头撞进了网眼里，江面上打起了一串水花。

河豚在后面还不晓得，接二连三地追问："怎么样？怎么样？"

"怎么样？不谈了！"鲥鱼一边说着，一边还在甩着尾巴，拼命往网眼里挤哩！"你看，把我的头都挤扁了。"

"哎呀，不好！"河豚不注意，也一头撞进网眼里。本来它身子又圆又滑，勉勉强强可以挤过去，但是它太爱生气，一气肚子就鼓大了。这时，它气得肚子像小鼓，一下也挂在渔网上，摆了两下尾巴，不动了。

黄鱼在后头一听，乖乖！长江里钩网这么多，不能上去。黄鱼脑袋里多几块石子，刁哩！头一掉，尾巴一摆，又游回东海去了。

所以直到如今，长江里一条黄鱼也没有。

许启富　讲　　述

康新民　记录整理

对虾的故事

（流传于江苏省连云港市）

黄海的对虾，个大，肉肥，鲜嫩，金壳银须，谁见谁喜欢。有人说得好："宁尝对虾一口，不吃杂鱼半篓。"

对虾原本不叫对虾，叫大虾。怎么改了名呢？说起来还有段动人的故事哩。

相传东海龙王有个小女儿，名叫蕊霞。这公主生得如花似玉，老龙王把她视如掌上明珠。

这年，蕊霞公主一十八岁了，老龙王打谱给她挑个女婿。一露口风，求亲的脚头碰脚跟，来来往往，接连不断。托塔天王来了，太白金星来了，护法神来了，个个想为自己的儿孙当月老。按说这是好事，可老龙王犯了谁，心想："一个女儿允谁呢？这些尊神大仙一个也得罪不起呀。"倒是乌龟军师有点子，帮他出了个主意。

第二天，龙宫外搭起一座百花彩楼，规定彩球抛中哪个，哪个就是驸马。

晌午时分，蕊霞公主走出深宫，登上百花楼台。脚步还没站稳呢，忽听楼下喊："公主，公主，朝我这块抛，我是托塔李天王的儿子呀！""公主，公主，太白金星是我老爹，对准我抛！对准我抛！""公主，公主……"

听到下边这么喊，蕊霞公主直皱眉头，心想："这些家伙都欢喜扛老子的牌子，有啥出息啊！"她手捧彩球看了又看，不知如何是好。

老龙王坐在彩楼上，见时辰已到，脚一跺，叫声："抛！"蕊霞公主打了个愣，手头不由一松，"嘟噜"，彩球落下楼台。说也巧，这时刮过来一阵旋风，风卷彩球，彩球乘风，在那半空中直打转转。下边神子仙孙蹦啊，跳啊，挤啊，一齐伸长手去抓彩球。哪知"咔嚓"一声，百花彩楼的一根柱子被挤断了，眼看彩楼摇摇晃晃，就要倒塌。神子仙孙们什么也不顾了，一个个抱头鼠窜。

就在这混乱当口，有个看热闹的年轻人冲到彩楼底下，只见他脚一站，背一弓，头一挺，将那要倒的彩楼顶得端端正正，稳稳当当。

这壮举感动了老龙王。事后，他召见了顶楼人。一看，竟是驼背！老龙王一问，才知道是在黄海附近捕捞鱼虾的渔民。老龙王命人赏他龙船一条，谁知那年轻的后生什么金银财宝都不要，只求和蕊霞匹配成亲。

这可把老龙王难住了，他想："我的女儿怎能嫁给一个驼背呢？"在一旁的乌龟军师见老龙王不吭声，头一伸，凑到龙王身边，附耳低语一番。

龙王大喜，叫声："请公主！"

不多时，蕊霞公主缓步走了出来。老龙王说："儿呀，这后生说要娶你，不知你爱不爱他。爱呢，你就点三下头……"

老龙王还没说完，只见蕊霞公主"咯噔、咯噔、咯噔"，不多不少，正好点了三下，接着拔根金钗，放在后生前，面带羞色地走了进去。

一看这情形，龙王傻了眼，乌龟军师更是目瞪口呆。他们原以为公主必定看不中驼背，想让她出来摇个头，摆个手，也好借这理由下下台阶，不料公主倒自个"对"上了！龙王急得嘀嘀咕咕了一会儿，对

后生说:"好吧,公主可以嫁给你。不过,你暂且先回黄海,到二月初二,再来迎亲。"说完吩咐左右备龙船,送后生回乡。

这后生是老实人,哪知内中有诈?乌龟军师等龙船到了黄海,就派虾兵蟹将一个劲地兴风作浪,把龙船搅翻!眼见后生葬身海底、变成一只大虾才罢休。

消息传到龙宫,蕊霞公主哭得死去活来。老龙王劝公主道:"儿啊,别哭了,这是天意!再说,那人驼背⋯⋯"

不提"驼背"还好,一提"驼背",蕊霞公主把泪一抹,冲着老龙王说:"你知道不,人家为顶楼才压弯了腰,驼了背,你怎么能忘恩负义?你再想想那班神子仙孙,在危急关头怎么样?全跑了!这后生你不中意我中意!"

蕊霞公主说着说着,突然把腰一弓,就地转了三圈,忽地变成一只大虾,"唰"地跳出龙宫,游到黄海去寻找后生,再也不回东海了。

黄海渔民听到这个传说,对蕊霞公主十分钦佩。所以,每逢捕到大虾,不管是公是母,总要配成双、结成对,精心打扮一番,这才过海上市。从此,大虾不叫大虾,改叫对虾啦。

姜 戚 搜集整理

黄花鱼与鳖鱼

（流传于上海市）

很早很早以前，黄花鱼就是海里的游泳能手。黄花鱼什么都好，就是有点儿骄傲。他自称是海里的第一流游泳家，其实呢，比他游得快的多着哩！

鳖鱼是第一个不服帖黄花鱼的。鳖鱼说："如果黄花鱼说自己是海里的第一流游泳家，那我就要跟他比个高低。"

鳖鱼的话让青蟹知道了。青蟹正闲得没事儿干，就把这些话一五一十地告诉了黄花鱼。

黄花鱼决定要和鳖鱼举行一次比赛。

比赛开始了。黄花鱼和鳖鱼都用劲地游起来。看热闹的鱼儿跟在他们后头一起游。

开始的时候，鳖鱼游在黄花鱼的前头。可是不多时，黄花鱼就赶上了鳖鱼。游呀游的，鳖鱼已被黄花鱼远远地抛在后面了。

"怎么样，追不上了吧？"黄花鱼回过头冷笑着说。

鳖鱼不回答，咬咬牙，还是一股劲儿游着，可是怎么也无法缩短自己和黄花鱼之间的距离。

"追不上就算了吧，"黄花鱼骄傲地说，"不是我夸口，就是我闭着眼睛游，你也赶不上我呀！"

"别胡说，等着瞧吧！"鳖鱼说着，使劲地摆着尾巴追赶起来。

　　黄花鱼轻蔑地望了鳖鱼一眼："好，我闭着眼睛游，你来追吧！"说着，真的闭起了眼睛。

　　黄花鱼闭着眼睛游，前面出现了礁石，他也不知道。突然，"砰"的一声，他的头撞在礁石上，立即昏了过去。

　　这一下鳖鱼可赶上来啦，冲到黄花鱼的前面。他真是太高兴了，就张开口哈哈大笑，笑了三天三夜，笑得嘴也合不拢来啦！从此，他就永远张着嘴巴了。直到现在，鳖鱼的子孙也和他一样，都有一张张得大大的嘴巴。

　　至于黄花鱼，后来虽然把伤养好了，但是头上却留下了许多被礁石撞碎的洞洞，像胡蜂窝一样。因此，黄花鱼的后代也都有一个胡蜂窝似的头颅了。

（原载《上海民间故事选》，选自《中国动物故事集》，上海文艺出版社，1978年5月）

黄瓜鱼给嘴害

（流传于福建省平潭县）

　　黄瓜鱼[1]在水晶宫里专门管百花园，这本来是一桩美差，可是它无心栽花，整日游荡，东说说，西讲讲。有一回，它在海里遇到黑鳞带鱼，就说："你哥哥白鳞带鱼想独吞你找食的那片海洋，真是白面黑心。"说完又去游玩，刚好碰见白鳞带鱼，就对它说："我正要

[1]　黄瓜鱼：即黄鱼。

找你。"

白鳞带鱼问:"找我什么事?"

黄瓜鱼说:"你还蒙在鼓里,你弟弟想独霸那片海洋,你还不赶紧去看看。"

白鳞带鱼听了,非常生气,拼命地游向那片海洋,见黑鳞带鱼一口一口地吞食小鱼虾,不觉火上心头,冲过去和弟弟争吃。黑鳞带鱼刚才听了黄瓜鱼的那几句话,对哥哥本来就有点生气,再看它抢吃的样子,更加发火,要把哥哥赶走。于是,黑白两条带鱼我咬你的尾,你咬我的尾,互相不让步,躲在一旁看热闹的黄瓜鱼笑得合不拢嘴。从此,一到冬春季节带鱼发海的时候,鱼多饵料缺,彼此抢吃,咬来咬去,人们经常见到带鱼断尾,原因就在这里。

再说白鳞带鱼和黑鳞带鱼都到龙宫告状去,各说各的理,龙王难以决断,就派海龟丞相去探查实情。

海龟查明,带鱼家族本来和睦相处,只因黄瓜鱼从中挑唆,才引起兄弟不和。龙王听了非常气火,就把黄瓜鱼抓来,往石头上连摔几下,谁知让两片石头钻进了黄瓜鱼的脑袋里。从此,它常常觉得头疼,"咕咕咕"叫个不停。渔夫听到它的叫声,就跟踪追捕。于是,"黄瓜鱼给嘴害"成了渔乡的俗语。

林惠娘　讲　　述

刘舜耕　记录整理

没骨头的海蜇

（流传于广东省）

海蜇，又叫水母，浑身没有一根骨头，只好随波逐流。这是东海龙王的罪过。

那是很久以前的事了。

东海龙王的三公主得了重病，请了不少名医，服了很多贵重的药品，都没有见效。本来一个袅娜玲珑、容颜如玉的俏姑娘，如今面黄肌瘦，像一截枯木，躺在床上可怜得很。

东海龙王非常着急，他抓来一名祖传妙手，命令这位医生给三公主按脉开方，说："倘若三公主的病不见好转，你就休想活着走出水晶宫！"

三公主已经病入膏肓，实在无法医治啦。怎么办呢？这位祖传妙手很机灵，他一边给三公主按脉，一边想着对付龙王的办法。等到按完脉，他拿起笔在处方笺上写了这样几个字："活猴子胆一个，生吃。"

这个处方，有奥妙哩：反正按了脉、开了方，弄不到药，病人死了，医生没有责任。

东海龙王爱女心切，接过处方以后，立即召集百官商量弄药。水府里哪能找到活猴子呢？朝中谁也没有吭声，大殿上一派寂静。

东海龙王圆睁双目，环视群臣，只见龟宰相、螺御史和那帮鱼兵、虾将，一个个都低着脑袋，身上直打哆嗦——大家都怕这差事派到自己头上哩！看了这么一副穷相，东海龙王心里暗暗在骂："平时一个个吹嘘自己如何了得，而今却没有一个人能为我分忧，全是窝囊废！"正待发作，忽然听到角落里传来一个清脆的声音："处方交给我，我去捡药！"

东海龙王顺声望去，说话的是龙宫里的勤杂工海蜇。东海龙王对他有点不放心，问道："你能行吗？"

"放心吧，大王，保证把活猴胆送来！"海蜇挺起胸脯，举手重重地拍了两下。

海蜇为什么有这么大把握呢？因为他经常去海滩边上闲逛，结交了一帮猴子朋友。他想："只要想点办法，骗来只猴子不难，那猴子胆不就有了吗？"平时，水族们都看不起海蜇，东海龙王也不重用他，所以海蜇在水晶宫里混了好多年，还是一个扫地、倒痰盂的勤杂工。如果趁这机会好好露一手，弄好了能捞到一官半职，说不定因为救了三公主的命，还可以当上驸马呢！——这是海蜇的如意算盘。

一个风和日丽的上午，海蜇出了水晶宫，浮上水面，晃晃悠悠地往海滩漂去。过了个把时辰，到达了目的地。刚好，在海滩边的树林里，那帮猴子朋友蹦来蹦去正玩得痛快。

"穷哥们，你们好哇！"海蜇提高嗓门跟猴子们打招呼。

猴子们掉头往海上一瞧，原来是老朋友海蜇来了，于是七嘴八舌地喊道："快来，海蜇，我们玩个痛快。"

海蜇沉着脸，咧着嘴，鼻子里哼了一声，说："得了，不就几棵树吗，有什么好玩的？我们水晶官的御花园才叫美呢。那里有红花绿叶、琼楼飞阁，还可以吃到仙果、仙桃。你们谁愿意跟我上那儿去玩？"

海蜇把水晶官御花园如何富丽堂皇，仙果、仙桃如何又多又甜，尽情地吹了一通，说得猴子们心里痒痒，一个个直咽口水。他们纷纷跳下树来，吵着嚷着要海蜇把他们带去见识见识。

海蜇原想把他们带到水晶官去让龙王挑选，显示一下自己的本事，可是冷静地想一想，不能草率从事，猴子去多了，造起反来不好收拾，可不能弄巧成拙。于是他装出为难的样子，说："这么多人全去，我驮不动。"

"那怎么办？"

"这样吧，"海蜇说，"一趟去一个。我宁肯多走些路，直到把你们驮完为止。"

"只要能去，怎么办都行。"猴子们商量了一下，推举了一只有经验的老猴子当先行官，让他到御花园以后先给大家作些准备。

老猴子高兴地蹦到海蜇顶上，蹲下来，催促海蜇快点赶路。

猴子上了钩，海蜇心里暗暗欢喜。他带着老猴漂啊漂啊，海越来越深，海水从白色泛黄变成了绿色，又从绿色变成了黛色，翻着白沫的海浪也逐渐变成了不断滚动的海涛。从来没有到过深海的老猴子害怕了，他后悔不该跟海蜇到深海里来，可是四周海天相连，后悔也晚了。

"嘻嘻，嘻嘻！"水晶宫越来越近，海蜇想起很快就能加官晋爵，情不自禁地乐出声来。

"你笑什么？"老猴子问。

"嘻嘻，嘻嘻！"海蜇不回答，只是一边漂，一边乐。

海蜇越是不说话，老猴子越是觉得有名堂，问得也越勤。问多了，海蜇想："反正已到深海，老猴子还能飞上天？告诉他也不碍事。"于是，他对老猴子说："实话对你讲吧，游水晶宫御花园是假，借你的胆给龙王三公主治病是真。"

老猴子吓了一跳，心想："好个恶毒的家伙，取我的胆，不是要我的命吗？不行，不能白白让他们宰了。"

老猴子到底有经验，他两眼一眨，惋惜地说："咳！你怎么不早说呢？我的胆挂在树上啦，没有带来。"

"你不用蒙我，谁的胆不是装在肚腔里，哪能挂在树上？"

"装在肚里是你们的事，你们水里的东西整天漂来漂去，活动量不大，胆装在肚腔里当然可以。我们可不一样，我们猴子玩的时候，在树上蹦来蹦去，要是不把胆挂在树上，掉了怎么办？"老猴子说得头头是道。

"真的？"海蜇有点吃惊了。

"我们是老朋友了，还能骗你？"老猴子转了转眼珠，补了一句，"一个胆有什么要紧，如果需要，拿我的骨头去熬膏也可以。"

"那怎么办？"海蜇相信了。

"这样吧！我们倒回海滩去，拿了胆再回来。"老猴子说。

倒回海滩去，海蜇有点不愿意，可是胆挂在树上，只好这么办。

老猴子巴不得快点离开海蜇的头顶。距海滩还有几步远，他使劲一跳，蹦上了岸。海蜇以为老猴子真的到树上取胆去了，赶紧嘱咐说："老朋友，快去快回呀，我在这儿等着。"

老猴子嘻嘻一笑，掉过头来指着海蜇骂道："谁是你的朋友？你差一点要了老子的命！我可不会再上你的当啦！"

海滩上的猴子们见老猴子回来，都拥过来问这问那，老猴子把来龙去脉告诉了大家。一声吆喝，猴子纷纷往树林里钻，三蹦两跳，全都不见了。

海蜇空欢喜一场，只好垂头丧气地回到水晶宫。他有气无力地来到东海龙王眼前，耷拉着脑袋，把怎么引诱猴子上当、又怎么让猴子跑掉的经过叙述了一遍。东海龙王听了，大发雷霆，对海蜇嚷道："蠢家伙！三公主要是有什么三长两短，看我怎么收拾你！"

第二天早晨，三公主断了气。东海龙王悲痛欲绝，认为这是吃不上活猴子胆的结果。他命令把海蜇捆来，准备处死。

龟宰相、螺御使连忙跪倒在龙王面前，希望念海蜇对大王的一片忠心，免他一死。龙王余怒不息，虽然免了海蜇的死罪，却仍然下令，将海蜇的筋骨全部抽掉。

从此，海蜇变得浑身没有一根骨头，只好随波逐流……

夏　茵　搜集整理

三、洞头海洋动物故事的类型

洞头海洋动物故事的类型，大致可分为溯源型、解释型、寓意型、解释兼寓意型四种。

三、洞头海洋动物故事的类型

洞头海洋动物故事的类型，大致可分为溯源型、解释型、寓意型、解释兼寓意型四种。

[壹]溯源型的海洋动物故事

溯源型的海洋动物故事，追溯的是鱼类整体习性的形成缘由，如"鱼为什么没有脚"、"为什么有的鱼产卵有的鱼产子"、"鱼死了为什么不闭眼"等等。通过这些故事，既艺术性地解释了鱼的习性，又表达了渔区群众的思想情感。

鱼为什么没有脚

（流传于浙江省洞头县）

远古时候，鱼跟马啦、熊啦这班走兽一样，是在地上跑的，也有四只脚。你看，"鱼"字底下四点，和"马"字、"熊"字底下的四点一个样，都是四只脚嘛！后来鱼为什么没有脚，又到海里去了呢？

盘古开天不久，那时，天和地差不多连着，养牛的站在山顶，用赶牛鞭都能顶着天。天太低了，人呀，飞禽走兽呀、树呀、花草呀，都觉得难受。

女娲娘娘来凡间巡看，看到天和地是这副样子，想："天这么低不行啊，要设一个法子，把天顶高才好。"用什么顶呢？用天柱。天柱到哪里找？她看走兽在山下跑呀、跳呀，一想："对，只要有一种走兽肯把脚献出来，我就把它化作天柱。"

女娲走呀走，对面碰见豺、狼、虎、豹。女娲问："天地差不多连着，你们不难受吗？"

豺、狼、虎、豹一个个苦着脸，答："唉，怎么不难受，我们有啥法子呢？"

"我有法子，把你们的四只脚化作四根天柱，把天顶高。你们谁愿把脚献出来？"

豺、狼、虎、豹听了，摇摇头说："不行，不行，我们统共才四只脚，砍去了，怎么走路？"一边说，一边赶紧躲开了。

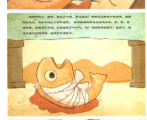

女娲又走呀走，对面碰见牛、马、熊、鱼。女娲问："天地差不多连着，你们不难受吗？"

牛、马、熊、鱼一个个苦着脸说：

《鱼为什么没有脚》

"唉,怎么不难受,我们有啥法子呢?"

女娲说:"我有法子,把你们的四只脚化作四根天柱,把天顶高。你们谁愿把脚献出来?"

牛、马、熊听了,摇摇头说:"不行,不行!我们统共才四只脚,砍去了,怎么走路?"一边说,一边也赶紧躲开了。

只有鱼没有走,它站在一边呆呆想着。

女娲问:"鱼呀,你肯把脚献出来吗?"

鱼说:"天这么低,地这么暗,人人难受,总得有谁把脚献出来顶天呀!他们不肯,就砍我的吧。"

"脚砍去了,不能走路,不后悔吗?"

鱼说:"不后悔!"

女娲想:"世间走兽,只有鱼最好。"

鱼的脚砍了,痛啊,血流了一摊,昏过去啦!女娲赶紧掏出一条手帕,把伤处扎起来,还小心地打了两个结。

女娲把鱼的脚各放在地上东、南、西、北四个角,嘴里念了几句,又轻轻吹了一口气。嗬!这四只脚生根了,长高了,长成又粗又大的天柱,把天牢牢顶住了。

天顶高了,鱼高兴啊。女娲说:"鱼呀,还是你好!念你献脚有功,我把大海赏给你,你在那里自由自在地过日子吧!"

鱼进入了大海,手帕打成的结变成了鱼鳍,它靠着尾巴和鱼鳍,划着水游，比在地上用脚走路还快哩！我们现在剖鱼，鱼血为什么那么少？就是它当初献脚时，血流多了的缘故呀！

李锦莲　讲　　述

柯育萍　邱国鹰　记录整理

为了把天顶高，让大家的日子过得好，鱼献出了自己的脚。故事颂扬了舍己为人的奉献精神，是渔区群众对后代进行道德教育的文学教材。

产卵的鱼和产子的鱼

（流传于浙江省洞头县）

海里的鱼千百样，鱼的眼睛呢，只有两样：有的鱼眼睛是圆的，有的鱼眼睛是扁长的。圆眼睛的鱼都是产卵的，扁长眼睛的鱼是产子的。同是海里的鱼，为啥有这样的不同呢？

相传龙王接位没多久，想使自己管的鱼虾生得多、大得快，水族早一日兴旺，特意发一道旨令，叫大小鱼虾，清明前后，统统到龙宫前产卵。

"清明谷雨，大小做母。"清明一过，鱼虾就按龙王旨令，赶到龙宫前产卵。龙宫四周，原本空荡荡，可不一会儿工夫，鱼啦、虾啦、蟹啦、海龟啦、玳瑁啦，一个个挺着大肚子，摇头摆尾挤挤拢，一到就产卵啦！才煮一顿饭的工夫，产的卵重重叠叠，连边都看不到。鲸鱼和鲨鱼个大、身长，产的卵又多又大，一粒粒圆滚滚，凑巧正产在龙宫前，把官门堵得死死的。这一来，水晶宫四周围连一条插脚的路都没了，官门呢，也开不了啦！

龙王慌了，叫三太子去清出一条路来。三太子透过门缝一看，哎呀，怎么清路呀！官门若是一开，堵在门前的鲨鱼卵、鲸鱼卵就会跟着滚进来，连龙宫都会塞满哩！龙王发愁了，三日三夜没想出啥好法子。

三太子头脑还算灵，说："这件事，除非去找玉帝，要不，憋也会把我们憋死。"

龙王叹叹气，说："连门都开不了，怎么出去找玉帝？"

三太子抬头东看看、西看看，高兴了，说："有法子，有法子，把龙宫顶的水晶镜打破两块，就能出去了。"

龙王想想，打破水晶镜，真让人心疼。但事情到了这种地步，也只好这样了。

没想到龙王到了天庭，讲明这起事，倒被玉帝训了一通："你当了四海龙王，怎么做起这种呆事？你会叫鱼虾来产卵，也应该会把卵搬走。去去去，自己做事自己担当，这种事，我不管！"

龙王内心懊恼，回到海边，坐在滩头叹气。

正好来了个讨海佬，头发、胡须、眉毛雪白雪白。龙王想："土话说：'天上仙不如地下佛，地下佛不如世间人。'还是请他帮帮忙。"赶紧把讨海佬拉住，求他设法搬鱼卵。

　　讨海佬想了想，问："这件事玉帝管不了，别的神仙、佛祖有啥好法子没有？"

　　"我还没找过。"

　　"先去请他们设设法，他们实在想不出，再来找我。"

　　龙王听听，也有道理，顾不得岁数大、筋骨酸，又上南天门。上八洞、下八洞全跑遍了，找了四天四夜，总算把太上老君、如来佛祖、观音大上、黎山老母全找了。这班神佛讲了："玉帝都管不了，我们小仙有啥法子？"一句话，推了。

　　实在没法了，龙王又来找讨海佬，苦苦相求："老伯，千万帮一帮，我一定重金答谢。你要什么，我给什么。"

　　讨海佬说："你真的要谢，别的我也不要，每年给我一点鱼虾。"

　　一听要鱼虾，龙王又舍不得啦，看着讨海佬的手，耙子一样，每年要多少鱼子虾孙给他呀！又一想，话出嘴，水泼地，收不回了，就耍滑头，说："好，只是不准用手抓。"

　　讨海佬指指树枝缝的蜘蛛网："用网，网多少，算多少，好不好？"

　　龙王应允了。

　　讨海佬拿出一捆草药，说："送一捆药、两句话，叫作'涂滩礁屿巧安排，产卵产子两分开'。"又细细交代一番。龙王头颠尾翘，欢欢喜喜走了。

　　龙王回到东海，嗬，跟讨海佬讲的一样，龙宫的路通了！原来，讨海佬叫龙王去找神仙佛祖，是拖日子，使一些鱼卵变成小鱼先游走。宫门开了，龙王也欢喜了，用草药煮了一大桶汤，把个头大的鲸鱼啦、鲨鱼啦，还有海狗、海猪，统统召来喝。又叫三太子召集鱼虾来听令。

第二日，鱼虾统统来到。龙王讲了："鱼子鱼孙听着，明年起，你们再也不用到龙宫来了，自己找个好地方产卵。黄鱼，你到海屿边涂中去；鲻鱼呢，选浅海半沙涂；黄斑鳓鱼，去礁石边；无骨章鱼，去海涂；驼背乌贼，你们把卵产到岛屿边杂草上，水冲不走，最保险；海龟、玳瑁，你们吃亏一点，多爬点路，到近南海的岛屿沙滩去。"

鲸鱼、鲨鱼听了半日，没听到自己的名，赶紧问："我们呢，怎么漏了？"

龙王说："没漏，没漏。你们明年不产卵，要产子啦！再产卵，我怕龙宫门又要被堵死！"

鲸鱼、鲨鱼一听，嗨，产子？真稀奇。再一看，又叫起来："咦，眼睛怎么变了？"

龙王笑了："对，昨日喝的药，就是叫你们换肚肠，变眼睛。你们，还有海狗、海猪，眼睛都变扁长，以后都产子。产子的时日呢，也不必清明、谷雨，五六月、七八月都可以，随你们喜欢。"

众鱼虾听听有道理，蛮好，要散了。龙王又讲："这个法子，是人教我的，我应允要答谢他。以后，人用网来围，你们跟着去；若是用手抓，千万不要被抓到！"

从那时起，鱼就分作产卵和产子的了，龙宫大门呢，也没再堵过。龙王晓得人的厉害，只好年年给人献鱼虾。那班鱼子虾孙，看到人用手抓，就拼命挣脱；看到网来围，就乖乖跟入网。到现在还是这样。

黄振岁　讲　　述

黄　鹂　邱国鹰　记录整理

这个故事的情节安排很巧妙。一是把圆眼睛的鱼产卵、扁长眼睛的鱼产子的原因讲清楚了，"涂滩礁屿巧安排，产卵产子两分开"，如果没有渔区的生产实践和生活经验，对鱼虾龟鳖的习性不了解，根本编排不出这样有趣有理的故事。二是故事表述了一个很重要的思想：劳动者最聪明。你看，连海龙王、上下八洞神仙甚至玉皇大帝都解决不了的难题，却让一个"讨海佬"轻易破解了，生产实践出真知啊！这应了故事中的一句话："天上仙不如地下佛，地下佛不如世间人。"讨海人对自己充满了信心。

鱼死了为什么眼睛还睁着

（流传于福建省南平市）

相传远古的时候，人就学会了用网捉鱼。鱼天天怕人把自己捉去，想来想去没法子，就到玉皇大帝那里告状。

鱼说："玉皇大帝啊，地上的人用网把我们网住，然后剖肚刮鳞煮来当菜吃。这样下去，用不了多久我们就会被人食尽了。"

玉皇大帝听了，说："有这样的事？你们去把人找来，我问问他们为什么要这样做。"

鱼把人找来了。

玉皇大帝问："水里的鱼告你们，说你们用网把它们捉住，然后煮来当菜吃，有这样的事吗？"

人说："有哇。"

"你们使用的网是怎么一种东西呢？"

人上下左右看了看，发现墙旮旯有一个蜘蛛网，就说："喏，就像那个蜘蛛网。"

玉皇大帝有点不相信："就这样的东西，能把水里精灵灵的鱼捉住吗？"

"就是了，我们把网撒到水的上面，鱼不仅可以从下面逃走，还可以从左右前后逃走，甚至还可以从网洞中逃走啊。"

玉帝问鱼："是像人说的那样吗？"

鱼说："是。"

"有那么多地方可以逃走，你们不逃走，偏偏要自投罗网，看来你们真是生来给人食的啦。"

鱼听了玉皇大帝的话很气，说："哦，原来您这样偏心地为人说话，从今以后我们就是死了，也是不会瞑目的。"

从那以后，鱼就是死了眼睛还是睁得大大的，据说就是那时候在玉帝面前赌了咒的缘故。

邹桂英　讲　述

王淑莲　记录整理

这个故事和《产卵的鱼和产子的鱼》在"网"的设想和表述上是相通的。也许，人类用网捕鱼最早是受了蜘蛛结网的启发。

[贰]解释型的海洋动物故事

解释型故事，是对某种海洋动物生理特点和生活习性形成原因的解说，它与溯源型故事不同，对象是海洋动物中的某一类。其主要用意是让人们牢记这种动物的体形或活动规律，应用于渔业生产和日常生活中。

想当驸马的蛤蟆鱼

（流传于浙江省洞头县）

蛤蟆鱼，嘴阔阔，头大大，足足占身子一半多；肚内呢，没有鱼胆。它怎么会长得这样稀奇古怪？这里有一段故事。

很久以前，龙王要招驸马，定八月十五中秋日选入龙宫，拜堂成亲。龙旨一下，龙宫水府热闹啊。鱼兵蟹将赶紧梳妆打扮，让龙王挑选。

蛤蟆鱼也想当驸马，只是想想自己是鱼中的无名小卒，要相貌无相貌，论功劳无功劳，龙王怎么会看上眼呢？越想越伤心。

海龟是老精怪，出了一个计："老弟呀，想一副好相貌不难！你胆子大，到陆地上向百兽求情，换一副好相貌回海，龙王自然另眼看待，驸马爷一定会到手！"

　　蛤蟆鱼听听有理，赶紧游岸边来。也是无巧不成书，它一靠岸，就看见一只狮子在岸边睡觉。哈，狮子的头长得真好，又漂亮，又威武。它想："我要是有了狮子的头，大海中谁能比得上？"就兴冲冲把狮子叫醒，把龙王招婿的事一五一十讲了。它苦苦请求："狮子哥，狮子哥，把头换给我吧！只要肯换，什么条件都好讲！"

　　蛤蟆鱼这一讲，狮子暗暗欢喜。原来，狮子生了重病，一定要鱼胆配药，蛤蟆鱼自己送上门来，真是老天相助呀！不过再仔细一想，自己能当上百兽之王，全靠这副相貌呀！换了，实在舍不得。它眼睛一闭，计就来了，说："老弟呀，你的事情要紧，我也只好成全你啰！只是近来我生了重病，一定要鱼胆配药。你老弟把鱼胆给我，两相抵消了！"

　　蛤蟆鱼知道挖胆很苦，但它想换狮子的头，想做驸马爷，也只好应下来。双方讲定，第二日，日落山，在海滩边调换。

　　第二日，狮子找了一些树皮、树枝，编了一个像自己容貌的头套，套在头上，在岸边等蛤蟆鱼。

　　蛤蟆鱼也拿鱼胆来了。一个交头套，一个交胆，两个都欢喜。

　　八月十五到了，鱼、虾、蟹、鳖，打扮停当，讲讲笑笑游向龙宫。蛤蟆鱼也戴好狮头套，又小心打扮一番。照一照，嗬，确实威武！真欢喜，也跟着鱼群游龙宫去。

龙王坐在龙座上，开始挑驸马。它从前向后，一排排、一溜溜看过去，咦，看到鱼虾中有一个头大身小的，正东看西看。这是什么鱼，怎么从来未见过？就叫卫士把怪物带上前来。

这怪物正是蛤蟆鱼。它一听龙王叫，只当是选中了，迈着四方步，头摇摇，尾翘翘，走近前去。

龙王和文武百官看看，哈，有意思！你去摸一把，他去拍一下，树皮编的头套经不起这么多个的拍，才一会儿，头套被拍成扁塌塌了。龙王上前细细一认，嗨，是蛤蟆鱼啊！就追根究底了。蛤蟆鱼没法，只得如实从头讲一遍。龙王听了气呼呼，哼，欺骗君王，这还了得，叫卫士把它赶出龙宫！

蛤蟆鱼驸马当不成，反倒变成一副怪样。要是把它的扁头阔嘴扯扯直，倒真有点像狮子头哩！它的胆割给狮子后，一直没再长出来，连子孙都没有鱼胆了。

郑怀道　讲　　述

洪加能　记录整理

鲥鱼和白弓鱼

（流传于浙江省洞头县）

你说怪不怪，鲥鱼通身都是骨头，可嘴内连半个牙齿也没有；小小的白弓鱼，腹中却藏着一盏从里透外光亮亮的灯。这到底是怎么一回事？

据说，鳓鱼早年也是有牙齿的，它看自己一身银光闪亮，真好看，想找一条跟自己相差不大的鱼，结拜兄弟。

它游到东面，碰到带鱼。看看带鱼身子虽然生得白，背上的鳍却是黑的，三个牙齿露在口外，真难看，头一转就走了。游到南面，看见水潺。水潺身上也很白，只是通身软如绵，也不愿和它结拜。

鳓鱼折回头来，游啊游，迎面遇到白弓鱼。看看白弓鱼，长得比自己小，但容貌和自己差不多，喜欢上了，就对白弓鱼说："白弓鱼，我们结拜兄弟，好吗？"

白弓鱼看鳓鱼生得斯文，就答应了。它们两个结为兄弟，鳓鱼年大为兄，白弓鱼年小为弟。

再说东海龙王的女儿多，过几年就配出一个，这一年又贴出选婿的榜文。

白弓鱼在外面得来这个消息，赶紧对鳓鱼说："阿兄啊，龙王爷又要挑女婿了。听讲前年它选婿时，连缩头缩脑的海龟都选中，做了驸马，现在官升宰相。我们两个身子不大，论相貌却不比别的鱼虾差。海龟能做得驸马爷，我们就配不得金枝玉叶的龙女吗？明日去龙宫看看，要是你我被选中，就有出头之日了。"白弓鱼的一张油嘴，说得鳓鱼欢欢喜喜。

白弓鱼和鳓鱼到了水晶宫，只见龙王大堂内，鱼虾早早站满了，真热闹啊！

敖广老龙坐在鳌台上。第一个上前被它挑选的是海豚。老龙眯着双眼看了看，说："海豚将军，你虽有日行千里的本领，但身上的腥味太重了，我女儿遍体清香，闻到你身上的腥味会吐的。去，去！"海豚退了下来。

接着鲨鱼上前。老龙一看鲨鱼，讲："鲨鱼，你记着一句常言吗？粗皮加硬壳，看着厌佬佬。我女儿肤白如雪，肌软如粿，一碰你的身，不死也去了半条命。不行，不行！"鲨鱼听了也退下。

白弓鱼和鳓鱼见它们都不中老龙的意，暗暗欢喜，一起跳上前。敖老看了看，说："你们两个相貌是好，就是个子太小，与我女儿不相配。"也叫它们退堂。

从早上选到黄昏，老龙王还没选中佳婿。白弓鱼想，反正选不着，养牛的与割草的不同班，爽快点，回去！就催鳓鱼快走。

鳓鱼看了看龙宫外，天色早已暗下来，说："外面暗呀，伸手不见五指，怎么走呀？"

白弓鱼斜着小眼，看看龙宫挂着的龙灯，在鳓鱼耳旁悄声说了几句，两个一齐动手，偷下一盏龙灯。白弓鱼提着灯在前，鳓鱼跟在后边，急急忙忙逃出宫。

"白弓鱼小弟，等一等我呀！"

"鳓鱼阿哥，我在这里，若要命，快快逃！"白弓鱼一边答应，一边只管自己三十六计走为上。

亮灿灿的龙宫一时灰暗下来。三太子一看，咦，堂上龙灯少了一盏，就大喊一声："谁偷了龙灯？"

狗母鱼赶紧应答："我看见白弓鱼手提龙灯，鳓鱼跟在后面，两个急忙出去了。"

三太子赶紧追出去。白弓鱼有了龙灯，早不见踪影。鳓鱼没跟上，暗路高高低低，跑不快，被三太子追上抓住了。

敖广擂起龙桌，怒冲冲地说："鳓鱼，你好大的胆子！我择黄道吉日挑选女婿，你竟敢和白弓鱼合伙偷我龙灯，搅乱龙宫，到底为了何因？快从实招来！"

鳓鱼吓得半死："龙王饶命，饶命！小的岂敢偷龙宫宝物，我弟白弓鱼叫我回家，我讲外面天黑，路不好走，它说：'把龙灯提一盏，就好走了！'叫我去割断灯绳，它自己在下面接龙灯。"

龙王大怒，喝叫："无情的孽辈，你忘记身上的骨头是谁赐你的？来人呀，把它的骨头抽去，宰了！"

"刀下留情！"海龟上前一步启奏，"龙王爷，使不得，使不得！若把它身骨一抽二宰，它就死了。以臣愚见，鳓鱼助白弓鱼偷龙灯有罪，要罚，但不要抽骨杀头，就拔掉它口中牙齿，好好教训它一下吧！"

"既是丞相求情，就这么办！"虾兵蟹将一齐动手，撬嘴的撬嘴，钳牙的钳牙，不一会儿鲻鱼的满口牙齿就被拔光了。

老龙王见没抓住白弓鱼，就出了禁令，不准白弓鱼长大！从那时起，白弓鱼没法长大啦，身子顶多两寸许。

鲻鱼放出龙宫后，一边叫痛，一边骂："白弓鱼呀白弓鱼，你负了八拜之交兄弟情分！叫我助你偷龙灯，自已提灯逃命，害得我受苦。啥时候被我找到，活活吞掉你，才解心头气。"

俗话说得好，"有啥卵，传不断"，从此鲻鱼的子孙就没牙了，白弓鱼呢，都有了一盏灯。

鲻鱼和白弓鱼它们兄弟冤家的事，也不知怎么，被讨海人知道啦，就用白弓鱼做饵来钓鲻鱼。鲻鱼恨死白弓鱼了，冲上去就是狠狠一吞。它们哪里晓得这是讨海人的计谋，结果上钩了！

杨　杰　讲　　述

黄　鹂　记录整理

这个故事不但解释了鲻鱼和白弓鱼的习性的由来，还道出了渔民用白弓鱼做饵料来钓鲻鱼的缘由，这是劳动生产经验的提纯。

在解释型故事中，有的是通过一个故事，把某种动物的外形特征和生活习性一次性解释清楚了，而更多的则是一个故事讲这种动物一方面的习性，另一个故事讲它另一方面的习性。这就出现了同一种动物在不同故事中的表现大相径庭的现象。如前面列举的故事，同样是墨鱼，在《墨鱼为什么又叫乌贼》中，它是怕苦怕累、盗取章鱼乌烟囊的坏蛋；而在《墨鱼治鲸》中，它却是不畏强暴、敢于与大鲸搏斗的好汉。同样讲鲨鱼，在《虹鱼欠鲨鱼三担肉》这个故事中，介绍的是鲨鱼在端午节龙船锣鼓之后变灵活的习性；而下面《鲨鱼的誓言》这个故事，讲述的则是鲨鱼不能见月光这个特性的由来。

鲨鱼的誓言

（流传于浙江省洞头县）

鲨鱼剖成鲞晒的时候，最怕被月光照到，一照，鱼肉就变酸了。这是啥缘故呢？

原来，很早很早以前，鲨鱼身上没有这件银灰色的沙皮衣，而是跟别的鱼一样，身上全是灰色的鳞片，从头到尾，一片灰溜溜。

海里的水族常聚在一起，免不了评长论短——某某鱼鳞片好看啦，某某鱼相貌堂堂啦。讲者无意，听者有心，每当这个时候，鲨鱼就觉得自己抬不起头来。为啥？它想：黄鱼的鳞片是金黄金黄的，带鱼的鳞片是银白银白的，多漂亮！自己呢，却是灰不溜秋的。螃蟹身穿铁甲，鲻鱼腹佩尖刀，个个相貌堂堂、威风凛凛，自己呢，却长得嘴尖下巴短，像个丑八怪。唉，倒霉透啦！它多想换一身好鳞片，换一副好相貌啊！真是日也盼、夜也想，想得身子都瘦了。

一天，鲨鱼碰见了海龟。这一下，就像生漆碰到胶，粘上了。它拉着海龟不让走，哀求道："龟爷，龟爷，你在水族中年岁最大，见识最广，你肯帮我的忙吗？"

"帮啥忙？"

"喏，我的鳞片灰溜溜的，长相又难看，有啥法子换一件漂亮的外衣？"

海龟说："哎呀呀，鳞片漂亮、长相好看顶啥用呀，心肠好才顶用哩！"

"不不不，用场大着哩！鳞片漂亮，讲话也响。求求你帮个忙吧！"

海龟被缠得没法子，只得出了个主意，说："换相貌我没法想，换件外衣倒可以。你去找太阳吧，求它给你一件金龙衣。"

鲨鱼听说要找太阳，吓得连连摇头，说："太阳脾气暴躁得很，我不敢去。"

"要不，去找月亮吧，求它给你一件银沙衣。"

"好，好，找月亮去。"

鲨鱼兴冲冲找到月亮，把自己的苦楚添油加醋诉说了一通，哀求说："我处处受欺负，好可怜啊！听海龟爷说，你有银沙衣，又肯帮忙，月亮呀，发发善心吧，我叫子子孙孙都记着你的好处。"

月亮说："咳，只怕你有了漂亮的外衣，反去讥笑、欺负别的鱼。"

鲨鱼赶紧发誓说："哪能呀！我要是欺负别的鱼，下回见到你，定会烂心肝、坏肚肠、全身发酸！"

"好啦好啦，不用赌咒了。好话一担，抵不上好事一件。看你这副可怜相，就帮你一回吧。"月亮说着，扯过一片白云，撮上一把银沙，吹口气，变成了一件雪亮雪亮的衣衫，送给鲨鱼。

鲨鱼高兴啊。银沙衣雪白雪白的，比黄鱼它们漂亮得多了；银沙衣又坚又硬，比螃蟹它们的铁甲还顶用哩！它赶紧披在身上。可惜的是，鲨鱼的身子太黑了，雪白的衣衫穿上去，竟变成了银灰色。不过，比起原先那灰溜溜的鳞片，毕竟是换了一副模样，它也心满意足了。

鲨鱼得意扬扬回到海底，别的鱼虾见了，又惊奇，又称赞。连海龙王也对它另眼相看了，选它守护龙宫的大门。

鲨鱼的身价一下子高了，它在龙宫进出，在龙王面前走动，真是威风凛凛啊。日子一久，它把原先被别的水族看不起的苦楚忘了，把自己在月亮前的赌咒丢了，处处摆起霸王的架子，欺凌起小鱼小虾来啦！

海龟看不惯鲨鱼的蛮横相，劝它说："有了今日，莫忘当初。你这样乱来，不是把月亮的一番情意全丢了？"

鲨鱼白了海龟一眼，不作声。等海龟走远了，鲨鱼这才想起："哎呀呀，不好，我在月亮面前发过誓的，要是真的心肝烂、肚肠坏、身子发酸，怎么办呢？"它后悔当初不该发誓，如今怎样才能逃脱这个咒言呢？

挖空心思想呀想，它忽然想到个主意："对了，我发誓说再见到月亮才烂肝肠，只要我躲开不再见它，这咒就不顶用了！常言道，牛皮写字还要人老实,世间发誓赌咒都是假的,我又何必当真!"

这以后,鲨鱼就光往深水里钻,从不在夜里浮上水面,免得给月亮见到。可是,它在海里躲过了,在岸上却难躲。鲨鱼被打上来后,剖成鲞了,别看它的肝肠全掏光,只剩下皮肉,可是一见到月亮,它照样发酸。

陈懿琛　讲　　述

邱国鹰　记录整理

不赋予鱼虾固定的性格,贴一个"好""坏""优""劣"的标签,而是根据故事内容、情节安排、情感表达的需要,精心调遣,巧妙组合,从而使得每一个故事情节跌宕起伏,角色多姿多彩,解释型故事的这个特点,也正是海洋动物故事创作者——广大渔村群众——的高明之处。

[叁]寓意型的海洋动物故事

寓意型也即说理型,这类故事通过讲述海洋动物之间的纠葛或海洋动物与其他动物的关系,阐发某个道理,讽刺某种社会现象。

鲨鱼拜海螺当师父

（流传于浙江省洞头县）

一粒小海螺,长在岩壁,这个岩壁在福建。

有一日,一条大鲨鱼游呀游,游到这个岩壁边,大鲨鱼就在那里笑啦,说:"海螺呀海螺,生在岩壁,大在岩壁,真没用。像我,生在大海,普天下游遍,真惬意!"

正讲着哩,小海螺称呼它了:"鲨鱼哥,鲨鱼哥,你本领确实强,我没用。我们来比一比,今日初十,过十天,一定到上海大世界玩。我若晚到,你叫我三声'海螺乌龟',我拜你做师父;你若晚到呢,也照这话叫,也拜我做师父。"

正在讲呢,刚好一只海龟听到了,说:"嗨,我做公证人。"

小海螺想啦,海里的大鱼第一是鲸鱼,第二是鲨鱼,若是没有公证人,怎样跟鲨鱼论输赢呢? 就讲:"好的,好的。"

鲨鱼扬扬得意,心里想:"你这小东西,不用讲十天,就是十年,你也游不到上海。福建过浙江到上海,头尾三个省,你这个小海螺有什么办法啊? 我鲨鱼,不出三五日就到上海,就是在路上玩几日,有啥要紧!"就对海龟

《鲨鱼拜海螺当师父》

说:"好,你当公证人。"

好,比就比。小海螺想,这里经常有货轮开过,一算,哎,正好,过两日一定有货轮。它就沉到海上,滚呀滚,滚到涂滩。第三日,一只货轮开来,小海螺尽力一吸,把货轮船底吸牢,随船走啦!

轮船开了五天,小海螺在十八这一天就进上海黄浦江,到啦!

海龟想:"我是做公证人的呀,讲了二十这一天到,不能迟了。"也就往上海方向游去了,海龟游到的这一天正好是二十。小海螺说:"哎,龟哥,你来啦?我十八就到了。"

呵,海龟想想奇怪了,你这小海螺怎么这样快呀!就说了:"你到了,好好好。"

鲨鱼呢,讲自己有本事,慢慢游。结果,游呀游,廿五这一天才到。小海螺看见,说:"鲨鱼哥,才到呀!我十八这一日到的,黄浦江全玩遍了。"

鲨鱼应不出了。

小海螺又说:"你输了,我叫你三声乌龟,你拜我做师父!"

海龟也说了:"对对对,我是公证人。要不,我何必早早泅来,泅得苦啊。我也一起叫。"

鳓鲨鱼拜小海螺当师父,典出这里。

吴在江　讲　　述

柯旭东　记录整理

渔民用这样的故事告诉众人：强者切莫藐视弱小，在一定的条件下，弱者凭借智力，可以战胜那些只靠蛮力的强者。

猴子吊鳄鱼

（流传于浙江省洞头县）

有一条鳄鱼，蛮横凶恶，鬼点子又多，在海里霸道惯了，什么都不放在眼里。

一天，它游到一个海湾。这个海湾的岸边，长着一株大树，大树杈直伸到海面上，几只猴子正在大树杈上嬉玩。鳄鱼抬头看见树杈上欢跳的猴子，顿时起了坏念头："鱼的滋味我尝够了、尝厌了，如果能尝尝猴肉的味道，那有多好！"就慢慢地游到树杈下，把身子浮在水面，一动不动地等着下手的机会。

一只小猴子看到树杈下的海面突然冒出一堆灰不溜秋的东西，很奇怪，大声尖叫起来："快来看呀，快来看呀，这里长出一块礁石来了！"

几只猴子闻声跳过来一看，也都喊了起来："真的，海里怎么会长出新的礁石来呀？快下去看看，快下去看看！"

于是，一只猴子把双脚圈在树杈上，双手拉着第二只猴子的脚，第二只猴子的手又抓住第三只猴子的脚。不一会儿，小猴子就跳到了"礁石"上。它一跳两跳，嗨！觉得还挺不错，这块奇怪的礁石软绵绵的，跳一步，弹一下，真有意思！小猴子从"礁石"的尾部直跳到顶部，弯下身子刚想看个究竟，那"礁石"忽然动了——原来，鳄鱼正等着这个机会哩！它睁开眼睛，露出一口尖牙，"呼"的一声把小猴子囫囵个地吞了！吓得其他几只小猴子蹿上大树杈，哭哭啼啼给老猴子报信去了。

鳄鱼吃了小猴子，觉得味道真鲜，比海里的鱼好吃多了。它咂咂嘴，又一动不动地浮在那里，想再捞一把。

老猴听了小猴子的哭诉，透过树叶缝隙看那吞食小猴的怪"礁石"，心里明白了。它想：可不能让这狡猾的家伙再占便宜，得设法狠狠治它一下才行！它抓了抓头皮，想出了一个好法子，连忙吩咐几只猴子上山去砍又粗又韧的山藤，又交代几只猴子把各处的猴兄猴弟全请来。

不一会儿，来了一百多只大大小小的猴子。老猴子拿着连接成一长条的粗山藤，指着浮在水面上的鳄鱼，悄悄地把自己的法子告诉了大伙。众猴子乐得直跳。

老猴带着这一大群猴子，全跳到大树杈上，一下子把树杈压弯了，枝叶差不多垂到鳄鱼身上。老猴轻轻一纵，跳到鳄鱼背上。鳄鱼眯起双眼，正在想着猴子的美味，觉着猴子又下来了，心里乐滋滋的，那一口尖牙咬得"沙沙"响，只等猴子再走到嘴边，又好美美地吃一顿。

老猴拿着山藤的一端，轻手轻脚地绕着鳄鱼身子捆了两圈，打了个死结，另一端系在大树杈上。老猴试了试山藤，挺结实，放心了，沿着山藤蹿上树杈，打了一声呼哨。只听得"噜噜噜"一阵响，一百多只猴子纷纷跳离了大树杈，蹿到树的主干和另外的树杈上去了。大树杈没了压力，猛地弹了起来。这一弹，力可大了，顺势把鳄鱼吊了起来，悬在半空。

鳄鱼摆动身子，甩着尾巴，大喊救命。老猴远远地唾了它一口水，愤愤地说："喊吧！喊吧！这一下，你算是真正尝到猴子的味道了！"

陈懿琛　讲　　述

邱国鹰　记录整理

《猴子吊鳄鱼》

故事中的鳄鱼既贪婪又狡猾，也曾一时得逞，但最终败在了团结一致的猴群手下。听者既可以从"对事物要细致观察，切莫上当受骗"方面接受教训，也可体会到"只要齐心协力，运用聪明才智，就可以战胜强大对手"的道理。

[肆]解释兼寓意型的海洋动物故事

这类故事，既解释了海洋动物的生活习性或生理特征成因，又蕴含教训，给人以启迪。

蟹为啥分四处住

（流传于浙江省洞头县）

东海有一只蟹王，有四个儿子。它的隔壁住着一只海蜇。

蟹王多次跟着东海龙王出征，立下无数功劳，被封为铁甲将军。海蜇见蟹人丁兴旺，自己孤单单，很妒忌。

一日，蟹王又要随龙王出征了。临走，它把四个儿子叫到面前，对老大说："你身为老大，要爱护小弟。我走了，你要管好这个家。"又对三个小的说："老二呀，你平时用力不用心，以后可得多用心思；老三身弱，你们要照顾点；老四要少淘气。"

老四一听，呜呜哭了："阿爸，你去出征，哥哥们若是欺负我，怎么办？"

蟹王说："宝贝不要哭，我还有话讲呢！以后有什么好玩的、好吃的，你们三个大的都先让给小弟，知道吗？"

三个儿子齐声说:"一定,一定。"

没想到蟹王的话,被海蜇听到了。海蜇坏心肝,想出一条离间计。

蟹王走了,海蜇假装亲热,对蟹老大说:"蟹老大,恭喜你呀!""什么喜呀?""听说你阿爸要你把家里的担子挑起来,管好全家,这不就是要把将军位留给你吗?明日,我把一块祖传碧玉敬献给你。"

蟹老大欢喜,对海蜇说,以后登了将位,一定重赏它。

海蜇找到蟹老四,也假意向它贺喜,说老蟹王这么宠爱它,一定是要把将军位留给它,它要敬献自家一块祖传碧玉。蟹老四一听,嘻嘻笑,也说等自己登位后,重赏海蜇。

第二日,海蜇走到蟹老大面前,叹了一声,说:"你小弟知道我的碧玉要献你,就大骂,说你阿爸讲过,你们兄弟什么事都要让它。这块碧玉到底给谁,你们兄弟先讲讲妥当,免得伤和气。"

老大气啊,大声嚷:"我阿爸平日把它宠惯了,它心里才没有我这大哥。哼!若不是阿爸交代,我一拳就把它打死!"

海蜇到蟹老四面前,也叹了一声,说:"你大哥知道我的玉要给你,就大骂,说你阿爸讲过,全家重担是它挑,王位它坐定了。这块玉给谁,你们兄弟先讲讲妥当,免得伤和气。"

老四又气又怕,说:"怎么办呢?阿爸才走,大哥就欺负我。""哎,你不会叫你二哥、三哥帮忙?"

老四找到二哥、三哥,把海蜇的一番话说了。老二很气:"阿爸再三交代,要大家爱护小弟,它这么不讲理!走,找它去!"老三身弱气力小,这次有二哥出面,胆也大了。三兄弟气冲冲去找大哥。

再说老大,听了海蜇的话,正在气头上,见三个小弟气冲冲跑来。老二抓住大哥,说:"你为什么要欺负小弟?"

老大硬邦邦答一句:"它先骂我的!"说着,大钳一扫,打了起来。四兄弟从门口打到屋内,把瓮呀、罐呀打得粉碎。

海蜇看蟹兄弟打得头破血流,假意叫:"快停下!都是兄弟,不要打了!"叫是叫,心内忍不住,嘻嘻嘻笑了起来。

老四机灵,听到海蜇发笑,知道上了海蜇的当啦,暗想:"不得了,事情是我挑起的,阿爸回来,这罪名担不起!"也顾不得打了,转身逃。老三见小弟逃,也跟着逃。老二勇猛,无奈一时去了两份力,招架不住大哥,只得边打边退。

老四拼命逃,逃过海岸,逃到了淡水沟。老三体弱跑不快,看海涂有个小洞,赶紧钻进去。这一来,苦了老二。老大双钳一下比一下猛,老二招架不住,退过海涂,退上礁石。相持了一阵,老大看天色晚了,只得回家。

老二想回家,又怕大哥打,就在礁石缝住下了。

过了一年,蟹王欢欢喜喜回家了,一看,咦,家里只剩下孤单单的大儿子啦! 蟹老大讲了事情经过, 蟹王把海蜇抓来审。海蜇只好把自己怎样妒忌、怎样离间四兄弟, 全招了。老大一听, 又羞又愧, 向蟹王连连讨饶。蟹王见四个儿子只剩下一个, 舍不得罚它, 只是摇摇头说:"唉, 你呀, 为了一点小利, 中了别人的离间计, 一家人四分五裂, 太不值得了。"

蟹王奏明龙王, 龙王把海蜇拷打一番, 挖了它的眼珠, 封了它的嘴, 罚它四处漂浮。

这样, 蟹族就分四处住了。老大住在深海, 叫梭子蟹; 老二住在礁石缝, 叫石蟹; 老三那次逃得急, 身子在海涂滚得灰溜溜, 所以直到现在, 在海涂上的蟹还是灰色的; 老四在稻田水沟里住长了, 就变成现在的淡水蟹了。它离海最远, 也最想家, 月亮一出, 它就爬出洞, 想念阿爸和阿哥。这时节到水沟边去, 用灯一照, 就能抓到很多的蟹。

郭阿斌　讲　　述

叶永福　记录整理

为了一块所谓的"祖传碧玉"和"将位传袭", 蟹老大和老四中了离间计, 四兄弟大打出手, 以致最后兄弟离散、家不成家, 这样的教训, 十分惨痛。借着这样的故事, 又把蟹的几个主要品种讲清楚了, 可谓一举两得。

在这类故事中, 还有对渔村流传的谚语、俗语进行演绎的。如渔区群众常常把没有主见、头脑缺根弦的人比作"黄鱼脑袋", 于是就有了《黄鱼和竹护》的故事。

黄鱼和竹护

（流传于浙江省洞头县）

讨海人把网张在海里，网口用竹桩固定着，这竹桩叫作竹护。竹护长长的，一头扎在涂泥里，一头露出水面撑着网口，潮水一来，它随着浪摆来摆去。

这一日，正是涨潮，小鱼虾跟着潮水向滩头游。一条黄鱼带着两个孩子，四处游呀游呀找吃的，也跟着潮水进了浅海。

小黄鱼肚皮饿得咕咕叫，找不到吃的，急了，一头跳出水面。看呀看呀，一看看到一排竹护摇来晃去，好像向黄鱼们招手。小黄鱼欢喜，回头大声叫："阿娘，你看，那边有人招手哩，一定有好吃的，快去，快去！"

大黄鱼探头一看，噢，真的！那一排竹护是在向自己招手啊。大黄鱼高兴了，也向前游。

两条小黄鱼肚饿、性急、蹦跶、蹦跶游在前面。到了竹护边，回头对大黄鱼叫了一声："阿娘，你等着，我们找到吃的再带给你！"就一头撞了过去。

大黄鱼在竹护外边等。左等，不见小黄鱼的影；右等，没有听到小黄鱼的声。快退潮了，它心里慌，想跟入去看。只听见一阵吱呀吱呀摇橹声，一条舢板驶过来，靠近了竹护。讨海人提出网袋，把入了网的鱼虾倒进船舱，那两条小黄鱼呢，当然也进舱啰！

大黄鱼一看，心疼得叫起来："哎呀，完了，孩子误入渔网了。"它把一肚子火气统统发在竹护身上，一下扭住了竹护。

竹护奇怪，问："你这是干什么？"

大黄鱼瞪大眼珠，说："你把我孩子骗入了网，还装懵懂！"

竹护说："哎！我从来不骗人的，你弄错了！"

大黄鱼不肯放松，大声嚷着："没错，就是你骗人，我们找个公证人评评理去！"

"好，好，评理就评理吧！"

大黄鱼找到大红虾，叫它当公证人，来评理。

大黄鱼先告状："我和两个孩子四处找吃的，竹护远远就向我们招手，说：这里有好吃的，快来啊，快来！我们当然相信啰。哪知它一招一招的，把我的两个孩子骗入网了！"

竹护说："哎，你弄错了！我不是招手，是在摆手呀！我一边摆手，一边在心里头想，不能过来，千万别过来，这里危险！可你的两个孩子不听，倒拱着头向里边钻，这怎么是我错呢？"

大黄鱼一听，傻了，再也讲不出什么话。

大红虾哈哈笑起来，说："黄鱼呀黄鱼，你也不看个明白，把摆手当招手，把劝告当请帖，自己找苦吃嘛。你那么大的脑袋是干啥用的？"

这段公案，就这样了结了。现在，我们这带渔区的人把一些没有主见、头脑欠缺一点的人比作黄鱼脑袋，这句话出典就在这里。

陈懿琛　讲　　述

邱国鹰　记录整理

又如海岛人喜欢把不知进退的行为和人比作"鲳鱼直进"，《鲳鱼的身子怎会是扁的》就讲了这句话的由来。

鲳鱼的身子怎会是扁的

（流传于浙江省洞头县）

土话说"鲳鱼直进"真是一点也不假。它的身子扁塌塌的，说来也是吃了这"直进"的亏。

据说早年，鲳鱼的身子圆溜溜的，呆头呆脑，没啥本事，整天东游西荡，谁都不喜欢跟它在一起。只有小虾和鲳鱼的脾气正对路，两个成了好朋友，常常在一起游玩。

有一日，小虾打听到，海底的老鲨娶亲啦。这消息好哩！它赶紧来对鲳鱼讲。鲳鱼觉得好奇，想："这老鲨鲨怎会有媳妇？新娘会是啥样子呢？嘿，不要错过这个机会，凑凑热闹去！"鲳鱼和小虾都想着热闹，就一起赶去。

一路上，小虾千吩咐、万吩咐，叫鲳鱼要小心，不要闯祸。鲳鱼嫌小虾啰唆，不耐烦地说："不要磨，我早记住了！"

一讲两讲，很快就来到海底。它们远远看见那边吹的吹，敲的敲,真热闹啊,大鱼小虾都拥到一处,争着想看看新娘子。精灵的小虾知道新娘的花轿已经到了,催鲳鱼快点游。鲳鱼也急,拼命划,用力游,"呼噜呼噜"直喘粗气。周围大小鱼虾吃了惊,赶紧躲一边,正好给鲳鱼和小虾让出一条路来。

鲳鱼一心想把新娘看清楚,把小虾的吩咐全忘了,尾巴一摆,用力蹿向前。谁晓得这一蹿,不偏不斜,撞在花轿上,把花轿撞翻了。

花轿一撞翻,鱼虾们乐得哈哈笑,抬轿的慌得噗噗跳,赶紧去报知新郎官。大鲨鱼听了,气得胡须全翘,一个好端端的婚礼给鲳鱼扰乱了,这还得了!真是火从心头起,它大声吼叫着,喝令手下把鲳鱼

《鲳鱼的身子怎会是扁的》

抓来狠狠打。

就这样，鲳鱼挨了两百棒。抬回家时，原来圆溜溜的身子，变得扁塌塌的了，皮也被剥掉了一层，全身血淋淋。小虾吓得失了神魂，其他鱼看了也流眼泪，讲鲨鱼太狠心，赶紧替它找医抓药治伤。

不多久，鲳鱼的伤慢慢好了，背脊也长出一层青白色的薄皮，好像一面平镜。身子呢，再也不能复原了！

"江山易改，本性难移"，鲳鱼的身子变扁了，脾气还改不了，还是那么直头进，呆头呆脑的。所以，"鲳鱼直进"这句话，一直在渔区流传着。

> 林忠营　讲　　述
> 林素云　记录整理

这样的故事，既切合海洋动物的生理特征和生活习性，又告诉了人们生活的道理，受到人们的喜爱。

四、洞头海洋动物故事的价值

洞头海洋动物故事虽然产生年代相当久远，又长期仅在民间口头流传，但它的价值十分重大，影响也很深远。

四、洞头海洋动物故事的价值

洞头海洋动物故事虽然产生年代相当久远，又长期仅在民间口头流传，但它的价值十分重大，影响也很深远。

[壹]认知价值

海洋动物故事是渔区群众传授海洋知识和渔业生产技术的教科书。海洋动物故事对潮流、岛屿的描述，对鱼虾龟鳖习性的介绍，都十分准确，符合实际。这些讲述，不仅仅是停留在逗乐、解闷这样的浅表层面，而是渔民长期的生产经验的总结和提炼。这些宝贵的生产智慧要传授给下一代，故事就成了教材，船舱就是课堂。

我们从下面两则故事可以看出海洋动物故事的认知价值。

老鲻鱼传艺

（流传于浙江省洞头县）

鲻鱼、鲚鱼、鲳鱼、鳗鱼、蟹、虾，共推一尾"百岁鲻鱼"为王。聪明的讨海人在港内放下撂网，捕鱼捉虾。老鲻鱼看看自己的兵将越来越少，发了愁，一直在想对策。

这一年的腊月二十九，老鲻鱼在王府摆了除夕酒。酒宴要散时，老鲻鱼告诉大家子孙不旺的原因，并且要把自己多年练成的好武艺传给大家。

传艺开始，老鲻鱼的嫡亲鲻鱼群走上来，行了一个礼站在一边。老鲻鱼说："我们祖孙生来就是能跳会钻，你们若是看着擂网顶头，就从网底下面钻；看着擂网触地，就从网顶上面跳。"老鲻鱼说完，鲻鱼群就游走了。从这以后，鲻鱼就有了跳加钻的本事，擂网对它们就没用了。

虾仔因为屋内有事，要先回去，第二批来到老鲻鱼面前，作了一个揖。老鲻鱼满意，点点头："虾仔孙儿们，擂网眼儿大，只要你们身子不再长大，就可以出出入入了。"虾仔欢欢喜喜回家了。从这以后，虾仔的身体就不再大，擂网也围捕不到。

鳗鱼游到老鲻鱼面前，拱一拱，也蛮有礼貌。老鲻鱼说："你们本来就是土生土长的，海涂就是你们的福洞。若是看到擂网，就向洞里钻，绝不会出危险。"鳗鱼听了，谢过老鲻鱼，欢欢喜喜游走了。从此擂网也捕不到鳗鱼。

蟹举着一双大钳，横冲直撞爬过来，不敬礼也不弯腰，一点礼貌都不讲。老鲻鱼看了，说："蟹孙，你的脾气还没有改，骄傲一定失败，会吃亏的呀。大钳是你们的好兵器，碰到擂网，千万不要钳它呀！"蟹觉得这些话已经听过好几遍了，没有什么新名堂，一句话没听进，就威风凛凛离开了。后来蟹碰到擂网，又要显示自己的本领，张开双钳，紧紧咬住擂网不放，结果一只一只送了命。

最后轮到鳓鱼和鲳鱼。平时他们最贪吃，鲳鱼吃得胖墩墩的，身比头大；鳓鱼吃得油光光的，全身发亮。今日吃酒，都喝得醉醺醺的。他们一摇一摆来到老鲻鱼面前，正要敬礼，双腿一软，跪倒了。老鲻鱼只当他们礼貌好，笑眯眯地说："好鲳子，你的身子真胖呀，若是遇到擂网，向后退，就不会被抓走。小鳓鱼，你们身带宝刀，若是遇到擂网，杀它个寸网不留！"老鲻鱼越讲越欢喜，声音越讲越高，"小英雄，大胆向前冲！"这时鲳鱼被老鲻鱼的话惊醒了，别的没记住，单只记着一句："小英雄，大胆向前冲！"鳓鱼醉得太厉害，一句也没听进去。老鲻鱼传艺完毕，被一群鱼兵蟹将拥走了。

从这以后，鲳鱼碰到擂网，不是后退，而偏偏"大胆向前冲"，结果，头小肚大，全身被网眼勒得紧紧的。鳓鱼呢，一碰到擂网，全身发抖，赶紧后退，身上的鳞、鳍、刺全被网眼倒卡住，进不敢进，退又不能退，结果一条条被捕牢了。

朱　睦　讲　　述

颜贻厅　记录整理

故事题名《老鲻鱼传艺》，讲"百岁鲻鱼"向自己的兵将传授躲避擂网的绝技；其实这是"船老大传艺"，向年轻渔民讲述擂网为什么能捕获螃蟹、鲳鱼和鳓鱼的原因。擂网是流刺网的方言叫法，流刺网不设网袋，而是靠上面的浮子和下面的坠子展开，像一堵墙，截断鱼类的通道，以网衣刺挂缠绕来捕捉鱼类。这种网具是渔民在生产实践中摸透了几种鱼的生活习性而发明的；现在通过一个生动形象的故事，将知识传授给下一代渔民。

再看另一个故事。

龙虾

（流传于浙江省洞头县）

正月初一凌晨，东海龙王的三公主想去看看人间的热闹景象。她打扮得很漂亮，绿衫绿裙，外面还罩上一件红宝衣。她游到南山海滩一看，嗬，人间过年真热闹啊！一大早，渔村里鞭炮齐鸣，锣鼓喧天，处处张灯结彩，家家红联贴门。三公主越看越欢心，又是跳又是蹦的，不由浑身发热，脱下了红宝衣，放在一旁礁石缝里，又看热闹去了，直到差不多退潮了，才赶忙回龙宫。

正月初九，人间拜天公，海里闹龙宫。三公主要穿上红宝衣赶热闹，翻箱倒柜找不到。仔细一想，糟了，初一那天把宝衣放在礁石缝里，忘了拿回。她连忙去禀告龙王，龙王笑着说："傻孩子，这有啥要紧！那件是宝衣，凡眼根本看不见，差蟹将军去取回就是了。"

蟹将带着虾兵一直游到南山海滩。他们在海滩的水边寻来寻去，不但没有找到宝衣，连一块礁石也没见到。蟹将想：一定是龙王记错了地方，不妨回去再问一下。

龙王也以为自己年纪大，听错了，把三公主叫来一问，还是原地方。龙王发起火来，对蟹将说："一定是你们贪玩、懒惰，没有好好寻找。令你们再去找一趟，取不到宝衣，不要来见我！"

蟹将吓得连连应着："是，是！"

站在旁边的虾兵几次想问又不敢问，就轻轻凑在蟹将耳边说："请你问问龙王，三公主是什么时候丢了宝衣的？"

三公主耳朵尖，已听到虾兵的话，马上答道："是正月初一凌晨。"

虾兵还要问什么，蟹将瞪眼说："还啰唆什么，快跟我走！"

出了龙宫，虾兵对蟹将说："别去了，这样找，三天三夜也找不到啊！"

蟹将一听，哼，原来你是不愿跑路！不由分说，张开大螯，狠狠钳住虾兵说："你胆敢违抗旨令，我活活处死你！"

虾兵被钳痛了，只得又随蟹将到了南山海滩。他俩分头找了整整三天三夜，还是没有找到宝衣。蟹将又累又气，想到龙王的旨令，只得躲在海滩乱石头底下，再也不敢回龙宫去了。

虾兵找不到蟹将，只得独自回去向龙王禀报。龙王急得坐立不安，三公主更是哭哭啼啼。这时，虾兵壮了胆子说："请大王宽限我三天时间，一定把宝衣取回来。"

龙王一听，真是气不得笑不得，堂堂一个蟹将都找不到，你这小小的虾兵竟敢讲大话。他本想喝退虾兵，可是站在旁边的三公主却急不可耐地说："行，行！只要你能取回宝衣，要什么都可以。"

龙王听女儿一说，也不好再讲什么，心想：今天是十二了，再过三天就是元宵节，如果真能在那一天取回宝衣，三公主快快活活参加酒宴，不是两全其美！于是对虾兵说："好吧，就限你三天，如能按期取到，我封你为东海之首，赐你金甲一副、金鞭两根；要是逾期取不回来，我把你剁成虾酱。"

虾兵走出龙宫，既不去找，也不去问，竟在家里睡大觉。整整睡了两天两夜，到了十五那天，赶了个大早，才向南山海滩游去。

元宵节中午，龙王正等得焦急，只见虾兵驮着宝衣，高高兴兴游进宫来。龙王不由得眉开眼笑，三公主更是欢喜，连忙接过宝衣，披在身上。

龙王感到奇怪，问虾兵："你是怎么找回来的？"

虾兵说："初一是大潮水，公主把宝衣放在海水最高处的礁石缝中，从这一天之后，海水再也没有涨到那个地方，叫我们怎么找得到？今天是十五，潮水涨得跟初一一样高，所以才找到了。我早已想到这个道理，只是龙宫有规矩，不许兵卒插嘴，蟹将又不肯听我把话讲完，结果白费了不少工夫。"

龙王想不到小小虾兵还胜过蟹将，赛过自己，觉得惭愧得很，想起先前的许诺，说："我答应封你为东海之首，我是龙王，就封你为龙虾吧！再赐你将军甲一副，金鞭一对。"

虾兵就这样披上金甲，插上金鞭，成为龙虾了，现在海里的龙虾，就是他的后代。龙虾比别的虾大，还多了两条又硬又长的胡须。

而那个蟹将呢，一直在礁石底下过日子，后来，人们就叫他石蟹了。

陈后保　讲　　述

陈海欧　记录整理

这个故事不但褒扬了聪明的卑贱者，还传授了潮候知识。每月的初一和十五是大潮水，海水涨到最高处，以后逐日退降，半个月为一个周期，虾兵就是掌握了这个规律才找到宝衣的。老渔民讲述这样的故事，就是希望下一代能掌握这个对生产和生活都至关重要的知识。

[贰]教育价值

海洋动物故事是渔区群众完善自我、教育后代的道德读本。其中寓意型和解释兼寓意型的故事，集中表现了渔区群众的是非观、道德观、价值观。诸如对强权者的鄙视，对奸猾狡诈者的斥责，对损人利己行为的否定，对勤劳诚实品行的赞美等等，在故事中都有涉及。

渔区群众对个人道德修养方面的基本标准是勤劳、正直、诚实，对懒惰、骄傲自大、耍刁奸猾者极为不屑，这在海洋动物故事中表现得尤为突出。海虱子懒惰，自己不寻食，专门吸别的鱼虾的血，结果全身的毛被拔得精光（《海虱子为什么光秃秃》）；望潮贪图现成，不愿搬家走远路，一到深秋严冬，耐不住饥寒，只得吃自己的脚手（《九月九，望潮吃脚手》）；黄花鱼自吹是海里的第一流游泳专家，闭着眼睛游也会赢过别的鱼，结果被礁石撞昏，头被撞成马蜂窝（《黄花鱼和鳖鱼》）；黄瓜鱼在白鳞带鱼和黑鳞带鱼两兄弟之间挑拨，害得它们家庭不和睦，被龙王惩罚，常常头痛难忍，"咕咕咕"叫不停，被渔夫跟踪追捕（《黄瓜鱼给嘴害》）。

渔业生产是群体性作业，要求从业者有奉献精神、协作精神，海洋动物故事中，对这种精神的褒奖也很明确。《鱼为什么没有脚》颂扬了为众人利益献出自己脚的鱼；《海蜇行走虾当眼》讲海蜇为救虾子瞎了眼，虾子主动帮助海蜇，为它引路；《鲳鱼救黄花鱼》中，鲳鱼为采"万能草"救活黄花鱼，历尽千辛万苦，变得头尖身扁、鱼鳞

给幼儿讲海洋动物故事

全掉光；这些都是值得效仿的榜样。相反，《鲡鱼和白弓鱼》中，鲡鱼与白弓鱼相约而又失信不相帮，结局可悲，这是当引以为戒的教训。

渔区群众很看重家庭和睦、兄弟团结。兄弟间团结互让，家庭就兴旺；相反，兄弟自残，不但两败俱伤，而且危及家庭。《蟹为什么分四处住》《墨鱼为什么又叫乌贼》等故事，都以反面教训为例子，对青少年进行品行操守的教育。这不仅仅是传统道德，也属于新时代文明的范畴，符合核心价值观，值得继承、倡导。

[叁]资源价值

海洋动物故事是海洋文化的组成部分，在浙江建设海洋经济大省的宏伟目标中发挥着独特的作用。

海洋动物故事为渔村文化添彩。当前，尽管故事传播已经失去了原有的讲述环境和接受氛围，不过作为文化资源，海洋动物故事在繁荣渔村文化方面仍发挥着积极的作用。社区、学校、青少年活动中心开展故事赛讲活动，海洋动物故事成为首选内容；海岛文艺活动，利用海洋动物故事进行二度创作，如校园剧、舞蹈表演等，也受到欢迎。在过去的三十多年中，洞头县先后编印出版了十多种海洋动物故事读本，充实了县图书馆、学校图书馆、乡村文化礼堂的藏书，借阅率颇高。近些年，更有以海洋动物故事为底本创作的新读本和新媒体专题片，从专供幼儿园孩子阅读的绘本到中小学生喜闻乐见的漫画本，再到老少皆宜的动漫专题片，形成了一个系列。海洋动物故事的资源价值得到了充分的挖掘和发挥，成为海岛文化的亮点。

　　海洋动物故事为海岛经济添力。洞头县的许多部门意识到，海洋动物故事作为洞头海洋文化的重要元素，要善于吸纳，善于融合，以促进本行业的发展。如交通部门在修建新公路时，不仅重视道路周边的绿化美观，还加入了海洋动物故事的地域文化元素，在公路沿线放置故事石雕，提高了公路沿线的文化品位。旅游部门把海洋动物故事列入景区建设中，在全县标志性建筑望海楼内，辟有海洋动物故事动漫放映区，备有讲述海洋动物故事的视听设备。在望海

公路沿线的海洋动物故事石雕

望海楼景区的海洋动物故事广场

楼的配套建设中，还建有海洋动物故事石雕园，设立故事雕塑，供游客观赏。饮食服务行业把海洋动物故事引入菜肴制作和品尝中，服务员、导游能根据不同的鱼虾类菜品，讲述相关的海洋动物故事，餐馆还依据故事制作出了有文化创意的新菜肴，受到食客的欢迎。

文武状元汤

[肆]社会价值

海洋动物故事充分显示了渔区群众的聪明才智。在旧时代，广大渔区劳动群众生活在社会的最底层，从事着最苦、最累、最危险的海上生产职业，绝大多数被剥夺了受教育的权利。但在长期的生产实践中，他们摸索总结出了丰富的经验，对海洋的认识，对海洋生物的认识，对水流、气候的认识等等，远非一般识字断文的人所能及。他们把这些由无数代人积累起来的知识，以海洋动物故事等口头文学形式进行创作，加以传播。来自民间、来自劳动的文学创作最鲜活、最形象，具有永久的魅力，充分说明劳动群众不仅是物质财富的创造者，同时也是精神财富的创造者；也证明了"生活是文学创作源泉"的正确性。

五、洞头海洋动物故事的保护与传承

海洋动物故事的保护，在洞头县经历了从自发到自觉的过程；其传承状况也出现了从一度沉寂到合力弘扬的可喜局面。

五、洞头海洋动物故事的保护与传承

海洋动物故事的保护，在洞头县经历了从自发到自觉的过程；其传承状况也出现了从一度沉寂到合力弘扬的可喜局面。

[壹]海洋动物故事曾一度沉寂

洞头县海洋动物故事在各岛流传了两百多年，从20世纪70年代开始，其传承状况呈现出衰减之势，主要表现在以下几个方面。

1. 故事赖以存在的环境发生了巨大改变

20世纪60年代中期到70年代中期，十年"文化大革命"是对民间文学的极大摧残，海洋动物故事当然也未能幸免。讲述人顶着"封建""唯心"的大帽子，噤若寒蝉；能提笔记录的民间文学爱好者不敢试身"雷区"，以文犯禁；这一代的孩子也失去了从小接受民间文学熏陶的机会。

及至"四人帮"粉碎、党的十一届三中全会之后，改革开放的浪潮汹涌澎湃，海岛渔区的面貌发生了根本的变化。渔业生产工具从机帆船发展到渔轮，现代化的装备和设施颠覆了以往挤身船舱以故事消磨时间的状况；娱乐形式的多样化，使得文化消费趋于多元，故事讲述在快节奏、多变化的文化市场中基本没有存身之地；渔村的城镇化进程也使海洋动物故事逐渐失去传播的平台，在渔村，难以重现在朗朗星空下、习习海风中，躺在竹椅竹床上聊天听故事的场景。当时面临的实际情况是：讲故事的没了阵地，听故事的没了兴味，搜集故事的更是凤毛麟角。

2. 故事传承人日渐减少

过去，洞头渔村能讲民间故事（包括海洋动物故事）的人很多。那时，夏日夜间乘凉，冬天午后取暖，日杂铺、理发店小坐，常能听到有人在讲故事。但由于自然规律，这些会讲故事的人渐渐减少。20世纪七八十年代民间文学工作者下村采风，先寻找故事讲述人的线索，很可惜的是，推荐上来的不少老人已经去世。但即便如此，那些年能讲述这类故事的尚有四十多人。到21世纪初，这些人中的大多数陆续去世，仅剩不到十人，且大多已七八十岁，还在自然"减员"之中。

3. 故事传承的传统纽带产生断裂

海洋动物故事与其他类型的民间故事相比较，其传统的传承方式虽然同样是口耳相传，但不同的是，较少是通过师徒或家族传承的方式得以延续的，绝大多数是渔民之间的相互传递。绝大多数的海洋动物故事讲述人没带徒弟，也没传给后辈。这种传承链远远不及师徒、家族式传承那么牢固、那么顺理成章，极容易产

生断裂。社会的变革使得断裂速度加快，海洋动物故事的流传濒临危境。

4. 口头存活的故事数量极少

鉴于以上多方面的原因，前些年，存活在群众口头的海洋动物故事已经为数极少。洞头县于20世纪七八十年代抢救性地采录了一批海洋动物故事，并编印成书。这些书籍仅在县图书馆和部分学校图书馆供借阅，影响面不广。其中少数代表性作品尚在口头流传，但传播者已转换为教师、导游、民间文学工作者，且队伍不大，人员不多。

[贰]海洋动物故事在新时期的保护和传承

2008年以来，随着非物质文化遗产普查工作的展开，洞头县进一步重视对海洋动物故事的保护，形成了合力保护、活态传承的喜人局面。

1. 各部门联手，合力保护

洞头县委宣传部门带头做好海洋动物故事的保护和传承工作。在浙江省、洞头县"优秀民间文艺人才"的推荐和评选中，洞头海洋动物故事的主要搜集组织者、代表性传承人分别入选。2012年至2014年，由温州市委宣传部、洞头县政府主办，洞头县委宣传部承办了以"海洋的呼唤"为总冠名、面向全国的系列重大赛事，分别以"讲响洞头"、"影像洞头"、"唱响洞头"为主题。2012年的第一项

海洋动物故事网络演讲大赛启动仪式

海洋动物故事漫画展

"海洋的呼唤——中国（洞头）海洋动物故事演讲总决赛"现场

活动"讲响洞头"是海洋动物故事的网络演讲和漫画作品大赛。当年3月,80篇洞头海洋动物故事通过温州新闻网发布,至7月底,收到全国各地的参赛故事演讲视频600余个,经网络投票和专家评审,25名选手入围,于8月24日至25日在洞头作现场演讲,经复赛、决赛、情境表演,决出了名次;漫画大赛收到860多幅作品,经反复评选,决出了"十强"。这次活动是海洋动物故事主动借助网络平台的首次尝试,不仅突显了活动的创意和特色,而且使得传统故事得到更现代的呈现、更广泛的传播,影响广远。

洞头县文化主管部门担当起主管职责,在全面复核资料、编辑出版专集、保护代表性传承人等方面做了大量工作。

全面复核资料。从1979年开始,洞头县曾分多个时间段组织人员进行田野采风。时隔近三十年,文化局再次以县民间文艺工作者协会成员为主、各乡镇文化员配合,组成普查小组,进行海洋动物故事的搜集和复核工作,建立资料库,为保护工作打下基础。

编辑出版专集。把三十多年来发表于各报刊、收入不同文本的故事,遵照忠于原貌和适合阅读的原则,择优挑选80篇,编成《洞头海洋动物故事集》,于2009年5月由中国福利会出版社出版。这个专集剔除了过去认定不一致的海洋动物传说和海洋药物传说,入选的全部是纯粹意义上的海洋动物故事;同时订正了过去发表、转载时出现的一些文字方面的讹误,成了规范性文本,作为二度创作的底本。

保护代表性传承人。确定渔民老大许楚义和民间故事手许根才为省级海洋动物故事代表性传承人，按规定给予生活补贴，经常性看望慰问，调动其传承的积极性。现在，82岁的许楚义老人还时不时地讲述故事；许根才除了应邀到学校、图书馆讲故事，还自己动手，把海洋动物故事写下来，由女儿润色、打

校本课程选入的故事《气坏了的河豚》

《虾子学艺》选入地方课本

字，目前已整理出32篇、约5万多字。

洞头县教育部门为海洋动物故事的保护做了大量工作。近些年，县教育局和不少学校把海洋动物故事选入特色乡土教材，并以举办全县学生海洋动物故事演讲比赛、校园剧会演等多种形式，推进这项工作。城关第一小学把海洋动物故事列为"校本课程"，作为

《话说洞头》系列读本之一，选编20个适合小学生阅读的海洋动物故事，并加了"阅读指导"、"知识链接"、"故事画画"、"小试身手"等栏目，帮助学生理解故事。教育幼儿园把海洋动物故事列入学校教科研课题，以"充分利用社会资源，利用地域特色文化，培养幼儿爱祖国爱家乡的情感"为目的，与"传承海岛特色"和"爱上绘本阅读"两个教科研项目结合，发动老师自编自画，编印了一套8本《洞头海洋动物故事绘本》，供幼儿日常学习使用。为了扩大教科研成果，达到"一校开发，多校共享"的目的，教育幼儿园还编写了《由海洋故事绘本爱上阅读——"洞头海洋动物故事绘本"开发的实践研究》一书，由中国文史出版社出版。该书介绍了洞头海洋动物故事的由来、特征和类型，回顾了绘本开发中的改编、制作过程，公开了8个海洋动

教育幼儿园的海洋动物故事绘本

小观众欣赏海洋动物故事的动画片

海洋动物故事展览吸引众多孩子

物故事绘本教学的教案设计，总结了绘本开发活动的收获。全书图文并茂，实践性、操作性强，对绘本在幼儿教学中的推广起到积极的作用。

洞头县旅游部门在海洋动物故事与海岛旅游结合上做足文章，既保护了海洋动物故事，又为旅游注入了地域文化的活力。一是故事与景区建设结合。在洞头旅游标志性建筑"望海楼"建有海洋动物故事园，放置了《想吃海鸥的鲨鱼》、《章鱼擒乌鸦》、《鱼为什么没有脚》等故事雕塑，让游客在旅游休闲的同时领略洞头的海洋文化。在望海楼主楼的"非遗撷珍"展厅，辟有海洋动物故事专项介绍，反复播放动画片《墨鱼治鲸》，还配置了故事播放器，游客可选择自己想听的海洋动物故事录音。二是故事与导游工作结合。导游人手一本《洞头海洋动物故事集》，培训时有要求，每个导游至少能讲三个故事；技巧上有比赛，导游大赛中加入故事赛讲；带团讲解中能结合，尤其在品尝洞头海鲜时，结合餐桌上的菜品，即兴讲述相关的故事。三是故事与菜肴制作结合。"吃"是旅游六要素之一，把海洋动物故事贯穿到旅游的吃食之中，洞头旅游部门也作了尝试：除了导游在餐桌上讲鱼虾故事外，厨师在菜品创新上也结合了故事，如借《虾蛄和龙头鱼》故事创设的"文武状元汤"，从《鲍鱼为什么背着锅》故事引申出的"笠贝枸杞盅"等。

洞头县还有不少部门为海洋动物故事的保护作出了努力。交通部门建设岛桥相连工程，在公路沿线设置了海洋动物故事石雕小品，与绿化带相映成趣，彰显了特色文化。科技局支持海洋动物故事的研究，把它特列为社会发展类科技项目，提供课题经费，使《洞头海洋动物故事集》能顺利出版。就连一些街道、乡村也加入了合力保护的行列：地处洞头县中心的北岙街道实施"春泥计划"，开展多项利于孩子身心健康的活动，把海洋动物故事的阅读、演讲作为内容之一；东屏街道东岙村是浙江省级特色旅游村，当地把海洋动物故事绘成四格漫画，布置在民居的墙壁上，让到此旅游的客人感受浓郁的海洋文化。

2. 创新载体，活态传承

海洋动物故事在口头流传了200余年，在纸质媒体存活了35年；

石雕海星

石雕海龟

海洋动物故事上了墙

渔家墙壁上的海洋动物故事

进入新时期，面对新的接受对象，置身新的传播渠道，理应与时俱进，使得这批优秀的故事不仅可看、可讲，还能画、能演，做到在合力保护中得以传承，在活态传承中得以保护。洞头县在这方面做了全方位的探索，成效显著。

一是在文本上靓起来。传统的海洋动物故事纸质文本只是以文字的形式记载，最多加几幅插图、尾花，显得面孔古老、形式呆板。为了使海洋动物故事在当今的读图时代也占有一席之地，洞头县针对不同的阅读对象，推出图文并茂的文本，形成系列。有供幼儿阅读的一套八册《海洋动物故事绘本》，每册一个故事，以图为主；有供小学中低年级学生阅读的一套三本《洞头海洋动物故事漫画集》，选绘22个故事，突出画面，适当配以文字；有供小学中高年级学生学习的"校本课程"，选编20个故事，以文字为主，配以精美插图及鱼类知识链接。这些读本经过教师、美术工作者的再创作，情节浓缩了，主题突出了，画图精美了，形象更鲜明了，受到了读者的欢迎。

幼儿园老师制作故事文本

二是在舞台演出上立起来。洞头县举办了两次海洋动物故事舞台演出：一次是2011年全县中小学海洋动物故事校园剧会演，各学校自己改编、自己排练，师生同台演出；另一次是2012年网络故事大赛决赛场的情境演出，选取10个海洋动物故事片段，让进入决赛的10名选手根据变化了的剧情即兴表演，现场发挥。这样的表演使故事走上舞

动物故事校园剧

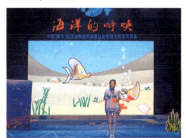

海洋动物故事演讲赛冠军

台,形象立体化,让更多人对海洋动物故事有了全新的认识。

三是在影像播映中活起来。洞头县已把海洋动物故事《墨鱼治鲸》、《黄鱼为什么穿金袍》制作成动画片。《墨鱼治鲸》在望海楼四楼的展厅放映,《黄鱼为什么穿金袍》在温州市非遗展示馆放映。两个动画片忠于原故事,画面生动,角色活灵活现,吸引观众驻足观看。望海楼每年接待游客13万人次,海洋动物故事通过影像播映,在更多人的眼中活了起来。

四是在再创作中时尚起来。以原有的海洋动物故事为蓝本,鼓励中小学生练习写作,是洞头县对海洋动物故事活态传承的又一举措。2013年5月至8月,洞头县委宣传部、县文化广电新闻出版局与浙江省青少年校外教育中心联合举办了"美丽浙江——全省青少年海洋动物故事作文大赛",由洞头县青少年活动中心承办。在全省各地青少年活动中心、少年宫、中小学的合力支持下,活动十分成功。5月至7月为资格赛阶段,参赛者以洞头海洋动物故事为蓝本,采用续用、改

海洋动物故事写作辅导

"美丽浙江——海洋动物故事主题夏令营暨浙江省青少年海洋动物故事征文现场赛"启动仪式

写、另写等形式做一篇作文。全省共有610余人参加，选出100名，于8月21日至31日前来洞头参加"海洋动物故事主题夏令营"，同时进行现场赛。活动举办方提供了六种海洋动物，由参赛者任选两种以上写成作文，然后评出各个奖项，在夏令营活动中颁奖。参赛选手紧扣要求，选准角色，铺展情节，思维活跃，文笔清新，语言生动，获得一、二等奖的作文达到了较高的水平。网络上也发布了洞头海洋动物故事，进一步扩大了影响，获奖作文汇编成《爱吹牛的虾子》正式出版，为孩子增添了他们自己写作的海洋动物故事读本。

3. 洞头县海洋动物故事代表性传承人

陈懿琛 男，1904年生，洞头县原北沙乡东沙村（现属北岙街道）人。他出身于贫困渔家，未上过学，十多岁便下船当水手，经过几十年海上生涯的磨炼，成为船老大。

陈懿琛年轻时爱看戏，爱听渔鼓、听故事，是村里民俗文化活动的积极参与者，会扎鱼灯、扮高跷、刻木模印（民俗节日祭拜神灵糕粿供品的印模）。他虽不识字，但心灵手巧，记性特好，过耳不忘。他四五十年走南闯北，找渔场，追鱼群，跨省过市，接触的人与事多，凡是听到的故事，都能有声有色地复述，因而成了远近知名的故事能手。

陈懿琛能讲述近白篇（首）民间故事、民谣和民间谜语，故事以渔民故事、风物传说居多，《鲨》、《鲁班造船》、《鱼板胶》、《乌鲑》等30多篇故事在国家级、省级报刊发表。他讲述的海洋动物故事和海洋动物传说有20多篇，其中选入《洞头海洋动物故事集》的有17篇。1989年12月，温州市汇编《民间文学

1984年2月陈懿琛在讲述海洋动物故事

集成·故事卷》时，把他作为百级故事家之一予以专文介绍，并收录他讲述的在国家级、省级报刊发表的故事14篇，其中包括获得浙江省（1980—1981）民间文学优秀作品奖的海洋动物传说《鲨》。

据陈懿琛回忆，他讲的这些海洋动物故事，大多是他当水手和船老大时听老一辈渔民讲述的，也有的是经过他自己添油加醋完善的。同一条渔船上同时听故事的人不少，别人是左耳朵进、右耳朵出，听一听，笑一笑，一段时间后就遗忘了；他却是用心听，用心记，喜欢学着讲。讲熟练了，就变成自己的东西了。不过，他一般不在家里讲，说是当着自己儿孙的面，讲不出口。

洞头县开展民间文学搜集工作后，人们根据村里人的推荐找到陈懿琛时，他已76岁高龄了。在经过几次启发、消除顾虑后，他毫无保留地讲述念诵，热情很高。讲述时，他一手拿着大竹烟筒，一手比画，讲到高兴处眉飞色舞，深深吸引、感染了周边听故事的人。

陈懿琛讲述的故事，海洋特色浓郁，涉及的鱼虾种类繁多，有黄鱼、鲻鱼、鲨鱼、石斑鱼、鱿鱼、鲍鱼、青蟹、虾子等，可见他对海洋动物的熟悉。故事情节生动，有的明显具有民间故事所特有的"三段式"结构，引人入胜，深得听者喜欢。另外，他讲的故事教育意义明确，传递的都是"正能量"，同时又保存了大量的渔业生产知识和经验，十分宝贵。

陈懿琛讲述的17篇海洋动物故事，有10篇先后在北京《民间文

学》、上海《故事会》、福建《榕树文学丛刊》、吉林《民间故事》发表，其他各篇也被不同的故事集选用。

陈懿琛于1983年加入洞头县民间文学研究小组（县民间文艺家协会的前身），1988年3月27日病逝。

《青蟹换壳》、《海虹欠鲨鱼三担肉》、《虾子做媒》、《猴子吊鳄鱼》是陈懿琛讲述的海洋动物故事中较有代表性的作品。

青蟹换壳

（流传于浙江省洞头县）

鳗鱼和青蟹都在海底涂泥上过日子。

鳗鱼把头埋在涂泥里，长溜溜的身子露在外面，随着潮流一摆一摆的。青蟹是两口子，它们的洞穴挖在涂泥内，平时双双进、双双出，亲亲热热的。时间一长，鳗鱼眼红了。它看看自己，独自一个冷冷清清的，青蟹呢，两口子形影不离，多有趣味。它想："青蟹欺我孤单，特意搞得这样亲热给我看，气气我。哼！我要把它们赶出涂泥，出出这口恶气！"

一天，青蟹两口子又外出找吃的去了。鳗鱼等它们走远了，偷偷游过来，把头伸进青蟹的洞穴里，用力一拱，把青蟹的家捣坏了。然后打紧溜回来，仍把头埋在涂泥里，伸出长身子，一摆一摆的，就像从没发生过什么事一样。

青蟹从外边回来，找不到家了。它俩又生气又奇怪。雌蟹想："好好一个家，怎么才出去一会儿，就无影无踪呢？是潮水冲的吧，今天没有发大潮啊；是鳗鱼搞的鬼吧，看它跟平常没有什么两样啊！"雄蟹看雌蟹一声不响，以为它太伤心了，连忙安慰说："不怕，我们另挖一个吧！"说干就干，两口子一齐动手，十六只步足像十六把铁镐，四只大螯像四只畚箕，一会儿挖，一会儿扒，不多久，新洞挖好了。这个新家，比先前的那个家还要大，还要深，还要舒适。

第二天，青蟹两口子又外出了。不过这一回它们没走多远就折转身，躲在一块礁石后面观看——这是雌蟹出的好主意，它要查个水落石出：到底是谁毁了它们辛辛苦苦建成的家！

一会儿，黄鱼游过去了，比目鱼游过去了，海蜇也游过去了，新家还是好好的。后来，只见鳗鱼钻出涂泥过来了，它东张西望了一会儿，看看周围没有什么动静，像昨天一样，又把头钻进青蟹的洞穴里，用力一拱，青蟹的新家又被捣坏了。

青蟹两口子在礁石后看得清清爽爽的，气得直喷白沫。它们想："怪不得大家都说这家伙可恶，果真不假。绝不能让它逃了！"它俩一齐横冲了出来，雄蟹咬住鳗鱼的头颈，雌蟹咬住鳗鱼的尾巴，打了起来。鳗鱼被这突然的袭击吓了一跳，头一个回合就吃了大亏，头颈、尾巴被青蟹的钳爪咬出了四道深深的血痕，痛得直蹦跳。鳗鱼不肯罢休，猛张大嘴，下狠劲地咬雄蟹。"喀嚓"一声，雄蟹的壳没伤着，鳗鱼的牙齿却咬疼了。雄蟹反钳住鳗鱼的嘴唇，下死劲地钳着；雌蟹也骑在鳗鱼背上又踢又钳。鳗鱼痛得直喊叫，不敢再纠缠下去，在涂泥上乱滚了一阵，好不容易才挣脱了蟹爪，急忙忙地溜走了。

输了一次，鳗鱼不甘心。它不认为自己理亏，反对青蟹记恨在心，一直想报复。它想："我斗不过青蟹，还不是它们仗着蟹壳硬，蟹螯厉害，如果没有这两样东西，它们哪是我的敌手呀！可是这两样武器它们是随身长、随身带的啊！得找个什么机会……"它想了一会儿，忽然想起来了：青蟹不是要换壳的吗？每年农历八月末、九月初，它们都要到浅海边脱壳，静静地卧在那里过一段日子，等新的壳慢慢硬起来了才回家。"对！"鳗鱼得意地自言自语，"等他们换壳时再去算总账！"

到了八月末，雄蟹先脱壳。往常，脱了壳的雄蟹伏在礁岩边，雌蟹独个到处去找吃的。这一回，雌蟹却把雄蟹脱下的壳慢慢地吞吃了。雄蟹觉得很奇怪，就问它："这个旧壳又硬又涩，你吃它干什么？"

"上一次鳗鱼败在咱们手下，它会甘心吗？"雌蟹解释说，"我担心它会趁你换壳再来捣乱。你没了防身的盔甲，我独个又斗它不过，我们就要吃大亏了。现在我把你换下的壳吃掉，它摸不清底细，就不敢乱来了。"

雄蟹觉得很有理，称赞它想得周到。

过了一段时间，雄蟹的新壳长硬了，轮到雌蟹换壳。雄蟹也学样，要把雌蟹脱下的壳吃掉。雌蟹连忙拦住说："不！这一回，我们就利用这个旧壳，再把鳗鱼教训一顿！"它把自己的打算悄悄告诉了雄蟹。雄蟹点点头，把雌蟹换下的壳摆在显眼的地方，自己紧紧地靠在雌蟹旁边，护着它，静等鳗鱼前来。

鳗鱼眼巴巴地挨到八月末，可是它没法确切地探听到青蟹换壳了没有，就到处找。这一天，它发现了雌蟹换下的壳，高兴极了，找到青蟹，摆开打斗的架势，凶声凶气地叫着："有本事的出来！再来斗一斗，比一比嘛！"

它正摇头摇尾叫骂得痛快，冷不防雄蟹横杀过来了。这一回，鳗鱼还算是有准备的，它张开大口，满以为能咬破青蟹的软壳，不料用劲一咬，竟又跟上次一样，硬邦邦的，咬得牙齿又麻又酸又痛，顿时

凶焰被打灭了一大半，连忙松开口。雄蟹挫了鳗鱼的锋芒，冷不防伸出大螯，钳住鳗鱼的头颈，雌蟹也在一旁呐喊助威。鳗鱼痛得连叫几声"哎哟"，无心再战，拼命甩尾巴，翻身子，挣脱钳爪，灰溜溜地逃跑了。雄蟹怕鳗鱼再来捣乱，一直守在雌蟹身边不离开，直到雌蟹的壳硬起来。

打这以后，鳗鱼再也不敢欺负青蟹了，它虽然凶猛，能吞食馒头蟹、小鱼甚至墨鱼，却不敢再去碰青蟹。青蟹呢，为防备鳗鱼再捣乱，也传下了这么个习性：雄蟹换了壳，雌蟹一定要把这旧壳吃掉；雌蟹换壳的时候，雄蟹一步不离地在旁边护着，直到雌蟹的壳长硬了为止。青蟹的这个习性，一直传到现在。每年农历八九月，我们如在浅海礁岩边捉到成对的青蟹，那不用看，硬壳的一定是雄的，软壳的一定是雌的。

陈懿琛　讲　　述

邱国鹰　记录整理

海虹欠鲨鱼三担肉

（流传于浙江省洞头县）

我们近海里，要算虹这种鱼最大了。大到什么地步呢？它转一个弯呀，要半个时辰。锯它一节中心骨，可以做个大香炉，旁边连着的两条肋排骨，还可以雕龙刻凤呢！有一年，一个讨海人出海挖藤壶，把小灶架在一堵岩壁上煮吃的，过了一会儿，小灶跟着那岩壁慢慢沉下了。细细一看，原来那不是岩壁，是一条大虹鱼。你讲，虹鱼大不大？

鲨鱼也算是大鱼，比起海虹来就差多了。冬天一到，冬霜一打，鲨鱼就变得呆头呆脑的，叫作"呆鲨"。潮水东来，它浮起来；潮水西退，它沉下去。它整日闭着眼睛，张开大嘴，吃吃漂浮在海面的小虾，填填肚皮。

海虹吃遍了海里的各式小鱼，看鲨鱼呆头呆脑，也想吃鲨鱼；鲨鱼呢，看海虹笨手笨脚的，也看它不起。

一日，海虹想出了一个主意，对鲨鱼讲："我们来比游水，好吗？"

鲨鱼一听：啥？这笨家伙要比游水，嘿，真有意思！就应着："输了怎样，赢了怎样？"

"输的给赢的三担肉。"

鲨鱼从来没听过这个赌注，觉得蛮有意思。不过它讲："三担肉还不如三担虾。"

"不，不，三担肉，一言为定。"海虹算准鲨鱼有三百斤重，一心想吃它，一口咬定三担肉。鲨鱼也就应允了。

比赛一开始，鲨鱼就尽力向前游，但总是呆头呆脑，游不快。海虹不紧不慢，跟在鲨鱼后面，只等鲨鱼游得没力气了，就吃掉它。

这一日正是五月端午节，划龙船的锣鼓震天动地。龙船驶近鲨鱼，"嘡嘡嘡"几声锣鼓，把鲨鱼狠狠一震，鲨鱼一下变得头脑清醒，身子也灵活了。只见它尾一摆，头一钻，几下就甩掉海虹，游得远远的。海虹没料到这一下，赶紧追，追了一阵追不上，呼哧呼哧喘粗气，也不游了，回转身，找了一个地方歇息。

鲨鱼游到了头，左等右等，不见海虹，就倒游回来，找着海虹，大叫："喂，你输了，给我三担肉！"

海虹喘着粗气，"喷"一声，讲："谁欠你三担肉？那是我讲着玩的。"

鲨鱼见海虹输了还要歪，很气，张开大嘴，露出尖牙，在海虹屁股后狠狠咬下一块肉。海虹痛得全身一抖，等它笨手笨脚转过身来，鲨鱼早游走了。

从那次以后，鲨鱼过了五月端午节，龙船鼓一敲，就头脑清醒、变灵活了。它见了海虹，常常不声不响，咬一口就走，这是向它讨还三担肉的赌注呢。直到今日，海边人还常常说"海虹欠鲨鱼三担肉"，比喻应承了别人却不认账，这句话就是这样来的。

陈懿琛　讲　　述

邱国鹰　记录整理

陈懿琛讲述的海洋动物故事部分篇目

题名	采录整理者	发表报刊	发表时间
虾子做媒	邱国鹰	福建人民出版社《榕树文学丛刊》	1980.6
猴子吊鳄鱼	邱国鹰	上海《故事会》	1980.9
青蟹换壳	邱国鹰	上海《故事会》	1980.9
鲥鱼的三步摇头法	邱国鹰	福建人民出版社《榕树文学丛刊》	1981.5
鲨鱼应考	邱国鹰	北京《民间文学》	1983.12
鲨鱼的誓言	邱国鹰	北京《民间文学》	1984.7
虾子学艺	邱国鹰	吉林《民间故事》	1984.9
鱿鱼进宫	邱国鹰	吉林《民间故事》	1985.3
龟鳖断官司	邱国鹰	北京《民间文学》	1985.6
鲍鱼为什么背着锅	邱国鹰	吉林《民间故事》	1986.12
黄鱼和竹护	邱国鹰		
想吃海鸥的鲨鱼	邱国鹰		
石斑鱼请客	邱国鹰		
小虾子怎么长着大胡子	邱国鹰		
海虹欠鲨鱼三担肉	邱国鹰		
青鲨大王上钩	邱国鹰		
关公蟹称霸	邱国鹰		

许根才 男，1942年生，洞头县原双朴乡九仙村（现属北岙街道）人，小学文化。小学毕业后当农民，20岁下海打鱼。由于晕船，5

许根才

年后上岸，先后干过石匠，做过鱼粉，跑过供销。

许根才的父亲以民间工艺制作为生，会塑佛像（泥塑、木雕），会纸扎工艺（供红白喜事用），不识字，却有较好的口头表达能力，塑像、扎纸时，手不停，嘴也不闲，喜欢为围观的人讲故事。像《鲳鱼为什么是侧扁的》、《海马怎么会长不大》、《蟹儿钻洞两头爬》等等，讲得有声有色。许根才小时候爱跟在父亲边上，当当小帮手，而更有兴味的是听父亲讲故事。据回忆，他父亲能讲的地方风物故事、鱼类传说、海洋动物故事达30多个。这是许根才讲故事最早的基础。后来，他干过多个行业，接触了许多人，阅历丰富了，故事也积累多了。

1980年，洞头县在进行海洋动物故事专题采风时，采访了许根才。他讲述的《墨鱼为什么又叫乌贼》经邱国鹰记录整理，在1981年《山海经》杂志"增刊号"发表；这之后，他回忆父亲讲述的故事，自己动笔整理了《章鱼学功》和《珍珠》，分别在北京《民间文学》1981年4月刊、上海《故事会》1982年4月刊上发表。

1985年5月至1986年4月，许根才凭着对故事写作的热爱，参加

许根才为孩子们讲海洋动物故事

许根才整理故事

了《故事会》编辑部举办的故事创作函授班。那时，他一面从事鱼粉的生产加工和推销，一面学习故事写作知识，收获很大。其直接收获就是：他讲述的故事，一开始由县民间文学小组派人采录整理，后来由他女儿整理，最后是他自己提笔回忆整理，并在退休后的2008年，将30多篇海洋动物传说和故事串编成中篇故事《百岛奇谭》，在洞头县文联的文学刊物《百岛》上连载。

许根才能讲述洞头海岛民间故事70多篇，其中海洋动物故事30多篇，既是家族传承型的故事手，又是自讲自写的民间写手。2009年，他被认定为浙江省非物质文化遗产代表性传承人。

《章鱼学功》、《墨鱼为什么又叫乌贼》等海洋动物故事在许根才讲述的故事中较有代表性。

章鱼学功

（流传于浙江省洞头县）

很早以前，章鱼和墨鱼一样，背上也有一块硬板，这块硬板就是它的骨头。那时候，章鱼的身子硬，力气足，游得快，就全靠这块骨头支撑着。因此，章鱼十分珍惜它。

那一年，鳓鱼因无骨无鳞，受别的鱼欺负，向龙王诉苦，龙王令百鱼上龙宫送骨给鳓鱼。章鱼听到这个消息，也急匆匆游到龙宫送骨。刚到龙宫门口，它把自己仅有的那块骨头抽出来献上。这一抽呀，痛彻肝肠，章鱼顿时全身软绵绵的，"扑通"一声，摔倒在龙宫的台阶上。守门的虾兵一看这情景，慌了，连忙把它抬进龙宫。龙王得知章鱼为了帮助鳓鱼成了这个样子，就把它留在宫中养伤，待日后再慢慢设办法。

一天，海和尚[1]到了龙宫。它看见章鱼软绵绵地躺着，十分同情，就问："章鱼哥，在龙宫歇着养伤挺不错嘛，干吗这样发愁呀？"

章鱼叹了一口气，说："唉！你有所不知，整天躺在这里，不能动弹，不能游水，日子长了，怎么办呢？总不能叫别人伺候我一辈子呀！"

"讲得倒也是哩！"海和尚想了想说，"这样吧，你如肯吃苦，就到我们的寺院去，我师父的功夫底子很深，也许能教你一些办法，使你

[1]　海和尚：一种蟹的俗名，头部光秃秃似和尚。

身体康复，能自个过日子。"

章鱼一听，很高兴。龙王也觉得只有这个办法了，就叫几个虾兵把章鱼抬到寺院。

这寺院原是专为海和尚练功而设的，从不收别的鱼蟹，这一次算破了例，招收了章鱼。老海和尚把章鱼全身仔细检查了一通，安慰说："别发愁了，你为了鲫鱼能舍得自己唯一的骨头，我也一定尽心教你学一点本领，让你能跟大家一样过日子。不过，练功是苦事，要耐苦、勤奋才能成功，不知你肯吃苦吗？"

章鱼说："只要师父能让我跟大家一样生活，什么苦我都能吃，练多长时间我都能坚持。"

老海和尚点点头，说："好！有志气才能学好！我看，你身子这么弱，学硬功是不行了，我就教你练软功吧！"

章鱼顺从地点了点头，拜老海和尚为师父。

第二天一大早，老师父过来，见章鱼早睁着双眼在等待，心里挺满意，就教章鱼在床上学吸气、吐气：先把气大口大口地吸进去，忍在肚子里，直到实在憋不住了，再慢慢把气吐出来。章鱼按师父的指点，认认真真地学了起来。刚开始的儿大真不好受，常常忍了一会儿就受不住，只得吐气。气一吐出，又觉得头发昏，身发软。章鱼记住师父的话：要吃苦，要坚持，不怕失败。它一天又一天地坚持着学，整整练了一年。这一年里，它为着练功忍气，憋得全身发红，眼睛向外突

了出来，终于把这项本领学会了。

老师父又教章鱼学运气，要练到气一运，身子要大就大，要小就小，想软就软，想硬就硬。章鱼二话没说，又老老实实练了起来，从早到晚，从不间断。小海和尚看它没日没夜地练，着实心疼，常来催它歇息。章鱼舍不得让时辰白白溜走，总是笑一笑谢绝了，又继续练起来。又过了整整一年，章鱼把运气的本领也学会了。你看它原来只能躺在床上，连翻一下身子都困难，现在一运气，软绵绵的身子顿时硬挺起来；再一运气，八只脚伸展开去，几尺外的东西都能吸来。有时它一运气，又能把身子收缩，比它身子小得多的洞穴都能进去。这一来，它又能自由自在地游动了。

第三年，老师父教它学钻洞。钻洞这项本领，对全身没一根骨头的章鱼来说，更是一项吃苦的事，章鱼又不声不响地学了起来。它用头和脚轮换着钻。刚学钻时，一天只能钻半尺多深，连自己的身子都藏不住，碰到硬一点的涂地，钻不到几寸就头昏脚疼。章鱼不丧气，还是硬挺着学，日里也钻，夜里也钻，全身的鳞都磨光了，脚上长起了一串串老茧，它还是钻、钻、钻，最后又把钻洞这项本领学会了。

三年期满，章鱼拜别师父、师兄弟离开寺院时，已不再是那副愁苦烦闷、浑身发软的模样了。它全身微红，眼睛凸出，八只脚都长满了茧，这些全是它刻苦磨炼留下的标志。由于它勤学苦练，已经有了相当的本领。它虽然没有骨头，没有鳞，却能钻几尺深的洞，舒舒服服地在里边过日子。遇到敌手，它一运气，那八只脚就像八条捆仙索，猛地一吸，就把敌手缠得紧紧的。它的这些本领一代一代传了下来，所以章鱼的功夫在全海的鱼类中是数一数二的。

许根才　记录整理

墨鱼为什么又叫乌贼

（流传于浙江省洞头县）

古时候，墨鱼和章鱼一起住在泥涂里。它们是同族同类，长得也差不多，都有一块硬骨板，都有好多条长长的触须——章鱼有八条，墨鱼呢，比章鱼还多两条，整整有十条。它俩虽说是同类，可秉性差多哩！章鱼勤勤恳恳，肯吃苦；墨鱼却不同，常打扮得漂漂亮亮的，东游西逛，只顾玩乐，鱼类都很看不起它。

后来，章鱼送骨给鳓鱼，跟从海和尚学了三年功，练就一身好本领回来，墨鱼看了很羡慕。它央求章鱼说："章鱼哥，我没有本领，别的鱼都讨厌我，欺负我。你教给我一点功夫吧，也让小弟日后少受气！"

章鱼看看墨鱼那可怜相，答应了。第二天，章鱼就教墨鱼练气功，它交代了练功要领，让墨鱼在一旁跟着学。练功是个苦差事哩，墨鱼平时懒散惯了，哪经受得住苦哇！第一天，它还硬挺着。练到第二天，它就觉得身也软了，头也晕了。练到第三天，它更感到全身骨头

都散了架，脑袋像灌满了海水，怎么也抬不起；腰间像拴了块礁石，怎么也直不起。它想：日后的好处没看到，眼前的苦可吃不消，唉，还是算了吧！它心灰意懒，干脆躺在洞里睡起大觉来。

章鱼来看墨鱼的功练得怎么样，一看墨鱼正在睡大觉，生气了。它一把推醒墨鱼，责备说："怎么，才学三天，就打退堂鼓，不想再学了？"

墨鱼诉苦说："章鱼哥，不是我不愿学，这练功的事，实在是太苦了，我身子单薄，吃不消呀！"

章鱼生气地说："不吃苦能学得什么功夫？我跟我师父学功三年，忍气、运气、钻洞、穿孔，吃了多少苦，才学来一点本领。就这样，师父还怕我功夫不硬，会受欺负，满师之后送我一样宝贝，好让我护身。可你呢，才学了三天就躺下睡觉了，这算是学的什么功呀！"

墨鱼垂着头，任凭章鱼数落，左边耳朵进，右边耳朵出，昏昏沉沉的，眼看又要睡着了。忽然，墨鱼听到章鱼说什么宝贝、宝贝的，心一动，猛睁双眼，迫不及待地问："什么宝贝，快让我看看！"

章鱼拿出一个小袋子让墨鱼看，告诉说："这就是我师父送的护身宝，名叫墨囊袋，内装'一蓬烟'。碰到危难时，含在口中，使劲一压，就可喷出一团乌烟，使对手看不清自己，然后伸出触须，轻轻一捆，抓住对手，或者趁机游走，使对手找不到。平日不用时，取出来挂在身旁。烟差不多吐光了，还有个办法叫它长出来……"

墨鱼一看这样好的宝贝，起了坏念头："嗨嗨，有了这样的宝贝，还用得着学功吗？我得设法把它弄到手！"主意一定，它假装回心转意，对章鱼说："章鱼哥，是我不对，是我不好，才学了三天就吃不住苦。从今天起，我日日夜夜跟着你学，不学会功夫不歇手！"

章鱼是竹竿心肠——直通通的，听墨鱼这么一说，相信了，又从头教起，一心一意要把自己的全身本领传给墨鱼。墨鱼为了弄到墨囊宝袋，也咬紧牙关硬熬着，再也不敢叫苦喊累了。可是，它外表上装着在练功，心里却在暗暗拨算盘，用什么法子把墨囊袋弄到手。

一天晚上，劳累了好多天的章鱼睡熟了，挂在腰间的墨囊袋垂在床边。墨鱼一看乐了：这真是千载难逢的好机会，今夜不下手，还等到什么时候？它轻轻解开结子，把墨囊袋藏在身边，顾不得天黑水底暗，急急忙忙逃走了。

章鱼一觉醒来，发现睡在身旁的墨鱼不见了，再一摸，腰间的墨囊袋也没了，急得八条触须直竖，料定墨囊袋是被墨鱼偷了，马上追出来。但是找遍了涂泥，寻遍了洞穴，却再也找不到那狡猾的墨鱼了。

墨鱼从章鱼的洞里逃出来，一颗心七上八下，只怕章鱼追来。它游一阵，回头望一下，后来干脆回转身，头在后、屁股朝前，瞪大眼睛，一顿一顿地倒退着逃跑。天黑，礁多，也分不清东西南北，一退二退地，身子撞到一块岩礁上，顿时把屁股碰红了。它以为遇到什么敌手，含着墨囊袋回过头就射出一股乌烟。这是它第一次用这个宝贝，也

不知道该喷射多少，把一大半乌烟喷出去了。这一来，海更暗了，眼前漆黑一片。它拼命地逃，一个不留神，又撞在一块礁石上。这一下可惨了，十条触须断了八条，只剩下两旁触须还是完整的。墨鱼痛得直跳，心一急，含在口中的墨囊袋一下滑到肚子里，再也取不出来。

从这以后，墨鱼不敢回海涂上住了。它在海里漂呀、荡呀，没有一个固定的家。别的鱼看到它那摔断了的触须、撞红了的屁股，就传开了它偷墨囊袋的丑事，背地里给它起了外号"乌贼"——偷乌烟墨囊的贼。可笑的是，墨鱼偷了墨囊袋，却没有把使用的方法全部学到手，滑到肚里的墨囊袋再也没法取出来，乌烟喷射完了，也没办法让它再长出来。每逢农历六七月，有不少墨鱼漂浮在海面上，就是因为喷完乌烟而死的。这也是对小偷的一种惩罚吧！

许根才　讲　　述

邱国鹰　记录整理

许根才讲述的海洋动物故事部分篇目

题名	采录整理者	发表报刊	发表时间
墨鱼为什么又叫乌贼	邱国鹰	浙江《山海经》	1981年创刊号
章鱼学功	许根才	北京《民间文学》	1981.4
海马为啥长不大	许小萍	收入《中国民间故事全书·浙江洞头卷》	2011.9
鳗鱼想当将军	许小萍	收入《中国民间故事全书·浙江洞头卷》	2011.9
黄鱼胶成滋补品	许小萍	收入《中国民间故事全书·浙江洞头卷》	2011.9

题名	采录整理者	发表报刊	发表时间
懒惰的花专鱼	许小萍		
鲍鱼的故事	许根才		
虹鱼为啥有毒刺	许根才		
鱼为什么没眼泪	许根才		
可怜的河豚	许根才		
不听劝告的鳓鱼	许根才		
黄花鱼状元骨	许根才		
乌鱼不上钩	许根才		
马鲛鱼得头名	许根才		
鳗鱼和带鱼	许根才		
涂龙认亲	许根才		
鱼死眼睛不愿闭	许根才		
白弓鱼奇遇	许根才		
自私的鳓鱼	许根才		

许楚义 男，1933年生，洞头县原北沙乡海霞村（现属北岙街道）人，世代渔民。因父亲早逝，家境贫寒，读书至初小即辍学，15岁时租了小舢板，以摆渡挣钱养家。16岁下渔船，23岁当船老大，直到58岁被选入村委会才离开渔船。

许楚义当船老大时，由于肯钻研技术，又勤劳，每年的渔获量都名列全县前茅。洞头县渔业指挥部确定他所在的船队为带头船，带头为全县渔民找渔场、寻鱼群，他也成了名闻全县的党员"红老大"。

海上生活漫长又单调，为了排解水手们的烦闷，消除生产中的劳累，许楚义常常讲故事、讲笑话，让大家猜谜语。他讲的故事、民谣、谜语，都是从上一辈渔民、船老大口中听来的，总数有50多篇（首），其中海洋动物故事有《黄鱼穿金袍》、《墨鱼治鲸》、《海虱子怎会光秃秃》、《海龟评判》、《贪心的红虾》等6篇，数量虽然不多，质量却属上乘。其中《墨鱼治鲸》在北京《民间文学》1980年9月刊上发表，被评为浙江省（1979—1980）民间文学优秀作品奖。2009年，许楚义被确定为浙江省非物质文化遗产代表性传承人。

如今，许楚义已年过八旬，身体硬朗，还担任村里的义务护林员。每逢空闲，他还会在村头的休闲亭为乡亲们讲述故事。

《墨鱼治鲸》和《海虱子怎会光秃秃》是许楚义讲述的海洋动物故事中的上品。

许楚义讲故事

墨鱼治鲸

（流传于浙江省洞头县）

有一条大鲸鱼，仗着自己体粗力大，自称大王，整日在海中乱冲乱撞，欺负小鱼，扰得大海不得安宁。

一日，众鱼聚在一起商议，要搬走，免得再受鲸鱼欺负。墨鱼挺了挺大肚子，竖起两条硬须，气愤地说："搬走不是好办法，别的地方就没有像鲸鱼这样的霸王？依我看，应该狠狠治它，不让它再称王称霸。"

鲳鱼摇摇头，说："难呀，难呀，它的个头大，怎么治呢？"

正说着，大鲸鱼冲过来了，众鱼吓得四散逃走，只剩墨鱼。鲸鱼看它一动不动，只当是吓呆了，张开大口就吞。墨鱼不慌不忙对准它，"噗"一声，放出一阵黑烟，海水一下变得漆黑一片。鲸鱼眼前一暗，什么也看不见了。

过了好久，黑烟才散尽，大鲸鱼揉揉眼珠一看，嗨，那墨鱼正在不远的地方游哩！它赶紧冲过去，还想吞，墨鱼又放出一阵烟雾。鲸鱼像瞎了眼，又什么也看不见了。就这样，墨鱼游一阵、放一阵黑烟，再游一阵、再放一阵黑烟，拖着大鲸满海转。鲸鱼从没这样吃亏过，又馋又饿，又气又无力。墨鱼看看时机到了，等它靠近，再一次放出黑烟，又一跳，骑在鲸背上，用尽力，两条须死死吸着大鲸的头顶心。

黑烟散了，鲸鱼找不到墨鱼，又觉得头顶被什么吸着，先是一阵阵痒，接着是一阵阵痛，想想一定是墨鱼跳到背上了，就拼命翻身、甩尾巴，想把墨鱼甩下来。谁知墨鱼两条须比铁钉钉在板上还牢，一动也不动。大鲸忍不住痛，只得求情："墨鱼，好小弟，你下来，我再也不欺负你了！"

墨鱼说："不，你不欺负我，还要欺负别的鱼，不行！"吸得更紧。

鲸鱼被拖得没一丝气力，威风扫尽，全软了。它只得连声哀求："好，好，我再也不称王称霸、欺负别的鱼了。"

墨鱼听它这一说，才松开触须，跳了下来。这一吸，吸得时间长了，用力大，把鲸鱼头顶吸破，现出一个小孔。

从这以后，鲸鱼不敢称王称霸了，它头顶上的小孔一直没合拢，在海底游得长了，海水慢慢灌进去，过一段时间，就要浮上水面，把水从小孔里喷出来。不信你看，直到现在还是这样哩。

许楚义　讲　　述
邱国鹰　记录整理

海虱子怎会光秃秃

（流传于浙江省洞头县）

古时候，海虱子是浑身长毛的，个子小，没有什么本领，又很懒惰。它想和别的鱼一起游水觅食，又嫌水路太远，累坏身子；它想学海蛎子的样，附在岩礁上生活，又怕风浪太大，撞坏身子；它想跟蛏子、花蛤一道，在海涂中过日子，又说是涂泥不干净，脏坏身子。这也不行，那也不好，它一直学不到真正的本领，整天东游西荡，缺吃少喝的，常常饿得前腹贴着后脊背，实在熬不住了，就去啃涂泥。

有一次，海虱子正饿得眼发花，看见一条鳗鱼游过来了。海虱子有气无力地哀求说："鳗鱼大哥，我都好多天没吃到东西了，你可怜可怜我，替我想个觅食的好主意吧！"

鳗鱼专给别的鱼出歪点子，海虱子的哀求正中鳗鱼的意。它装出十分同情的样子说："海虱弟，看你也真可怜哩！黄鱼、带鱼，吃得胖

乎乎的, 穿得漂漂亮亮的, 多神气! 你去向它们要一点吃的吧! "

海虱子为难地说: "它们怎肯给呢? "

鳗鱼说: "它们不肯给, 你就自己拿嘛! "说着, 凑近海虱子耳语了一阵子。听着听着, 海虱子的眉头慢慢展开了, 不住地点头。

这以后, 海虱子就照鳗鱼的坏主意干了。它躲在水草边, 一看到有什么鱼游过, 就相准时机扑上去, 紧紧叮住鱼的尾巴, 张开尖嘴, 拼命地吸几口鱼血, 然后急忙忙逃走。海虱子身子长着毛, 平时藏在水草中, 别的鱼难以发现, 它扑上去时叮着的又是鱼尾巴, 鱼没法回转身子把它赶跑, 这使得那些黄鱼呀、带鱼呀、鲻鱼呀、马鲛鱼呀又气又恼。而海虱子, 没多久就吃得胖乎乎的了。

一天, 海虱子躲在水草边, 半天也不见一条鱼游过, 饿得发慌。这时, 恰巧一只螃蟹从青蟹家里做客回来, 路过这里。螃蟹的家在海岸边涂泥的洞穴里, 平时很少到海里, 海虱子不知道它的底细。这时, 海虱子的肚子正饿得咕咕叫, 它顾不得三七二十一, 也跟对付别的鱼一样扑上去要吸血。谁知这一回打错主意了, 螃蟹全身长甲, 又没有尾巴, 海虱子无处下嘴, 血没吸到, 反被螃蟹的大螯钳住了。

螃蟹看了看这个浑身长毛的小坏蛋, 哈哈大笑起来: "呵呵, 你就是专吸鱼血的海虱子吧? 今天, 你找错门路, 逃不了了! "说着, 把海虱子使劲地钳住。

海虱子哪经得住这么一钳呀, 痛得全身发抖, 连声求饶: "哎哟哟，轻一点！大哥哥，你饶了我吧！"

"嗨，就这样饶了你？没那么容易！"螃蟹想，"对这样贪吃懒做的东西，要教训教训才行！它不是靠全身长毛躲在水草边才不被别的鱼发觉吗？对，我要让它露露真面目！"螃蟹伸出螯爪，把海虱子身上的毛一根接一根地拔了，直到拔净才松开。海虱子连哼带哭地保住了小命，急忙忙逃了。

从此，螃蟹的螯爪上长起毛来了，所以被人们叫作"毛蟹"。海虱子却全身光秃秃的，在水草里再也藏不住，想偷偷摸摸吸血就难多了。所以有时候它还能吃到一点，有时候就饿得瘪瘪的。不信你看看船舱里，杂在鱼虾中的海虱子就是这个样子的。

许楚义　讲　　述

邱国鹰　记录整理

许楚义讲述的海洋动物故事部分篇目

题名	采录整理者	发表报刊	发表时间
黄鱼穿金袍	邱国鹰	收入《中国水生动物故事集》	1984.10
墨鱼治鲸	邱国鹰	北京《民间文学》	1980.9
海龟评判	邱国鹰		
海虱子怎会光秃秃	邱国鹰	福建人民出版社《榕树文学丛刊》	1981.5
贪心的红虾	邱国鹰	收入《中国民间故事全书·浙江洞头卷》	2011.9
马面鱼为什么要剥皮			

附录

专家学者对洞头海洋动物故事的评价

洞头海洋动物故事自1979年下半年被初步发掘，以后经专题采风，故事数量逐渐增多，陆续编入《洞头民间故事》1—4编之中，并分别寄往各民间文学研究机构和相关出版单位，受到专家的热情鼓励和悉心指导。

中国民间文艺研究会浙江分会的陈玮君先生是最早肯定洞头海洋动物故事的民间文学家。当时他正在编选《浙江风物传说》一书，看到洞头县寄给省民研分会的《洞头民间故事》油印本后，十分高兴，写信鼓励道："我们愁洞头没故事可编，没想到你们已编了五期，内容丰富"，"故事有海的气息，很吸引人"。他还很风趣地对洞头县负责民间故事、海洋动物故事采集的组织者说："你是鹰，要多叼一些鱼虾，这是大海送给你们的宝贝。"《浙江风物传说》编成时，由于需要兼顾各地区、各类型的传说故事，洞头县被选中了4篇，其中风物传说2篇，海洋动物故事2篇。陈玮君先生意犹未尽，来电告知："新中国成立以来，海洋鱼类故事见之极少，你们具能搜集到这么多，太不容易了，这是一笔宝贵的财富，我会继续向各地推荐的。"当时浙江还没有发表民间故事的专门刊物，他就向福建推荐。福建人民出版社当时出版《榕树文学丛刊》，不定期编选《民间文学专辑》。在陈玮君先生的力荐下，1980年6月出版的福建《榕树文学丛刊·民间文学专辑》上，一次性发表了洞头海洋动物故事8篇（其中《鲨》和《海鸥为什么是白的》后来归类为海洋动物传说）。

福建人民出版社负责这项工作的陈炜萍先生是中国民间文艺研究会理事、福建省民间文艺分会的副秘书长，他看中了洞头的海洋动物故事，特地打电话来联系，询问讲述人、采录人的情况以及采录的数量。当他得知我们3年中已采录到30多篇时非常高兴，说："你们挖到了海洋民间文学的宝矿，这批故事太珍贵了，交给我们出版社吧，我们给你们县出单行本。"这是全国第一家主动约请我们编选海洋动物故事专集的省级出版社，对我们的采风工作是极大的鼓舞。

不久，浙江人民出版社副总编辑、中国民间文艺研究会理事、浙江省民间文艺分会副会长刘耀林，也来电要我们编选一本海洋动

民间文学专家的评价

物故事专集。鉴于我县已与福建有约，只得退而采取洞头与舟山的普陀、嵊泗三县合选的办法，集中到杭州改稿。福建人民出版社的《海洋动物故事》和浙江人民出版社的《东海鱼类故事》，同时于1981年6月出版。

陈玮君先生在为《海洋动物故事》一书写的前言中，高度评价了这个类型的故事："海洋动物故事形式短小、情节简洁、内容新颖，可见作者想象渊博丰富，构思奇特巧妙，对海洋动物的比拟也极为确切妥帖，使人读了妙趣横溢，难以忘怀。"他说，海洋动物故事"将如东海龙宫辉煌的明珠那样，闪射出奇光异彩，照耀着我国民间文学的美好前景"。

浙江人民出版社在《东海鱼类故事》的出版说明中也写道："这些故事，根据海洋水族不同的习性，用拟人化的手法，合情合理地表现出来"，"具有浓郁的海洋风味和生活气息，饶有情趣，是民间故事中一个新的品种"。

陈玮君、刘耀林、陈炜萍等民间文学专家对海洋动物故事的评价十分得当。不久，在全国第一届（1978—1982）民间文学作品评奖中，《东海鱼类故事》获得了二等奖。这次民间文学作品评奖是新中国成立以来的第一次，共有86部作品获得不同奖次，少数民族作品就占了50多部，其中获一等奖的7部，全部是少数民族的史诗、叙事长歌，获二等奖的23部中，也有12部是少数民族的长诗或故事。海洋动物故事能跻身其中，从一个侧面反映了民间文学界对它的充分肯定。

《民间文学》杂志社十分看重海洋动物故事，从1980年9月到1982年6月，4次刊发洞头县采录的海洋动物故事11篇。1982年5月，编辑部委派编辑华积庆同志到洞头，实地了解洞头县组织人员进行海洋动物故事田野采风的情况，深入故事讲述者陈懿琛等人的

《洞头海洋动物故事集》获奖证书

家中，实地感受他们的风采。他在洞头县民间文学爱好者座谈会上发言，肯定了洞头县的采风成绩，特别指出："海洋动物故事十分珍贵，这类故事篇幅虽不长，却生动有趣，海味浓郁，适合读者的阅读需求。洞头海洋动物故事大大弥补了我国海洋动物故事数量上的不足，可以说是填补了空白。"

华积庆同志返京后不久，《民间文学》编辑部副主任王一奇于当年6月22日给洞头县负责此项工作的同志来信，热情地鼓励说："许多年来，你一直坚持民间文学工作，做出了很大成绩，尤其是

海洋鱼类故事的搜集，为民间故事开辟了新的领域，令读者耳目一新……"

拜访著名民间文艺家刘锡诚

专家评价

过了两年，王一奇在自己编选的《中国水生动物故事集》（中国民间文艺出版社1984年10月出版）中，再次热情地赞扬了海洋动物故事："这些故事都是渔区人民的口头创作，是劳动群众集体智慧的结晶。""写的是水底世界，描绘的是各类水生动物，实际上是隐喻着人类社会中形形色色的人物和事件。""通过这种独特的艺术形式告诉人们，什么是真、善、美，什么是假、丑、恶，从而使人们在艺术享受的同时，也感受到潜移默化的思想教育。""这些故事，不仅反映

拜访民俗专家宋兆霖

了渔区人民的生活、斗争情况,而且也曲折地反映了人类生活的进程。因此,它们不仅具有宝贵的文学价值,而且也具有一定的历史价值。"

这以后,《民间文学》又在1983年至1985年3次刊发洞头海洋动物故事5篇。

除了报刊杂志、出版界的民间文学专家,许多专门从事民间文学研究的专家学者也对海洋动物故事给予了高度重视和赞扬。

中国民间文艺研究会资料馆在看到洞头县的民间故事资料本后,于1980年9月7日给洞头县文化馆写信,信中说道:"你们历次寄来的《洞头民间故事》（铅印、油印两种）都收到了，谢谢你们。你们编印的关于鱼类的传说故事，很有特色；作为沿海地区的民间文学，颇有研究价值。""将来如能收到比较丰富的资料，可以考虑编辑'鱼类传说'的专题资料，供参考研究之用。"

中国社会科学院文学研究所民间文学研究室的祁连林、贺学君同志，也来信赞扬洞头海洋动物故事"内容丰富，具有特色，极为珍贵"，建议要多加搜集。

民间文学专家的肯定、鼓励和支持，大大增强了洞头县民间文学爱好者的信心，也使县文化主管部门更加重视，这才有了以后连续7年开展的20余次民间文学采风活动，取得了丰硕的成果。

后记

敲下最后一个句号后，我如卸重担，长长吁了一口气。

在洞头海洋动物故事集中性、大规模的采风活动结束之后，时隔三十余年，此刻重新面对，不仅要全面回顾这一历程，还要比对基础理论，立足本县实例，着眼全国范围，对海洋动物故事这一种类来个大梳理，弄个有点学术味的"东东"出来，这对已过古稀之年的我，实在有点勉为其难。如果不是文广新局的甘海选局长和苏宇咏副局长登门诚邀，我怕是不敢"惹"了。

35年前，我和一批民间文学爱好者对海洋动物故事的采录，是在对民间文学理论毫不知晓的情况下，懵懵懂懂"撞"上的。也多亏了这一"撞"，"撞"出了洞头海洋动物故事的一片天地。时全今日，当年能讲述海洋动物故事、接受我们采风的故事家、讲述者，绝大多数已经作古；就连一起参加采风的民间文学爱好者，也有好几位去世了。但他们讲述、采录的优秀海洋动物故事，不但保留了下来，还登上了国家非物质文化遗产名录的大堂，为我国民间文学宝库增添了奇珍，为洞头海洋文化的积淀增加了厚度。这多么值得欣慰！

更值得欣慰的是，海洋动物故事作为洞头人民共同的宝贵文化财富，得到了全县上下的精心呵护。传承这笔财富，让她在建设"海上花园"、实现中国梦的伟大实践中发挥作用，已经成为洞头县广大干部群众的共识。近些年，从演讲比赛、校园剧演出、故事改写，到绘制漫画、制作动漫、雕成石像，再到塑成景观、列入展览、融进菜肴……海洋动物故事通过各种途径、借助多种形式，在洞头海岛得到了前所未有的广泛传播，融入了洞头社会发展和经济建设之中。也许是孤陋寡闻，我以为，在当代文化氛围中，很少有其他民间文学作品能像海洋动物故事在洞头这样受到重视，还能通过活态传承，继续发挥独特的作用。

《洞头海洋动物故事》列入第三批"浙江省非物质文化遗产代

表作丛书"出版，使我们有机会重忆采风路，重温传承史，是一个再学习、再提高的过程。在珍惜之余，当作为鞭策，激励我们进一步做好保护工作。

本书在编写过程中，得到了许多民间文艺界、文化界领导和朋友的支持。浙江省民间文艺家协会原驻会副主席蒋水荣先生热心提供了资料并认真审稿，洞头县委宣传部、县风景与旅游发展委员会、县文化广电新闻出版局、县非遗保护中心、县旅游局、县民间文艺家协会、东屏街道办事处、县青少年活动中心、县教育幼儿园等为写作提供了便利，协助搜集了许多照片，在此谨致谢忱。

限于水平，本书尚有不足之处，祈望行家和读者批评指正。

编著者

2014年11月

责任编辑：张　宇

装帧设计：薛　蔚

责任校对：王　莉

责任印制：朱圣学

装帧顾问：张　望

图书在版编目（ＣＩＰ）数据

洞头海洋动物故事 / 邱国鹰编著. —— 杭州：浙江摄
影出版社，2015.12（2023.1重印）
　（浙江省非物质文化遗产代表作丛书 / 金兴盛主编）
　ISBN 978-7-5514-1176-9

　Ⅰ. ①洞… Ⅱ. ①邱… Ⅲ. ①民间故事—作品集—温
州市 Ⅳ. ①I277.3

　中国版本图书馆CIP数据核字（2015）第277754号

洞头海洋动物故事

邱国鹰　编著

全国百佳图书出版单位
浙江摄影出版社出版发行
　　　　地址：杭州市体育场路347号
　　　　邮编：310006
　　　　网址：www.photo.zjcb.com
制版：浙江新华图文制作有限公司
印刷：廊坊市印艺阁数字科技有限公司
开本：960mm×1270mm　1/32
印张：6.25
2015年12月第1版　　2023年1月第2次印刷
ISBN 978-7-5514-1176-9
定价：50.00元